博雅文叢

唐宋詞欣賞

夏承燾 著

出版說明

「博雅教育」，英文稱為 General Education，又譯作「通識教育」。

甚麼是「通識教育」呢？依「維基百科」的「通識教育」條目所說：「其一是通才教育；其二是指全人格教育。通識教育作為近代開始普及的一門學科，其概念可上溯至先秦時代的六藝教育思想，在西方則可追溯到古希臘時期的博雅教育意念。」歐美國家的大學早就開設此門學科。

在兩岸三地，「通識教育」則是一門較新的學科，涉及的又是跨學科的知識。概而言之，乃是有關人文、社科，甚至理工科、新媒體、人工智能等未來科學的多方面的古今中外的舊常識、新知識的普及化介紹，等等。因而，學界歷來對其「定義」抱有各種歧見。依台灣學者江宜樺教授在「通識教育系列座談（一）會議記錄」（二零零三年二月）所指陳，暫時可歸納為以下幾種：

一、通識就是如（美國）哥倫比亞大學、哈佛大學所認定的 Liberal Arts。

二、如芝加哥大學認為：通識應該全部讀經典。

三、要求學生不只接觸 Liberal Arts，也要人文社會科學學生接觸一些理工、自然科學學科；理工、自然科學學生接觸一些人文社會學，這是目前最普遍的作法。

四、認為通識教育是全人教育、終身學習。

五、傾向生活性、實用性、娛樂性課程。好比寶石鑑定、插花、茶道。

六、以講座方式進行通識課程。（從略）

近十年來，香港的大專院校開設「通識教育」學科，列為大學教育體系中必要的一環，因應於此，香港的高中教育課程已納入「通識教育」。自二零一二年開始的第一屆香港中學文憑考試，通識教育科被列入四大必修科目之一，考生入讀大學必須至少考取最低門檻的「第二級」的成績。在可預見的將來，在高中教育課程中，通識教育的份量將會越來越重。

在互聯網技術蓬勃發展的大數據時代，搜索功能的巨大擴展使得手機、網絡閱讀、搜索成為最常使用的獲取知識的手段，但網上資訊氾濫，良莠不分，所提供的內容知識未經嚴格編審，有許多望文生義、張冠李戴及不嚴謹的錯誤資料，謬種流傳，誤人子弟，造成一種偽知識的「快餐式」文化。這種情況令人擔心。面對着人工智能技術的迅猛發展所導致的對傳統優秀文化內容傳教之退化，如何能繼續將中國文化的人文精神薪火傳承？培育讀書習慣不啻是最好的一種文化訓練。

有感於此，我們認為應該及時為香港教育的這一未來發展趨勢做一套有益於中、大學生的「通識教育」叢書，針對學生或自學者知識過於狹窄、為應試而學習的不良傾向去編選一套「博雅文叢」。錢穆先生曾主張：要讀經典。他在一次演講中還指出：「此時的讀書，是各人自願的，不必硬求記得，也不為應考試，亦不是為着做學問專家或是寫博士論文，這是極輕鬆自由的，正如孔子所言：『默而識之』便得。」我們希望這套叢書能藉此向香港的莘莘學子們提倡深度閱讀，擴大文史知識，博學強聞，以春風化雨、潤物無聲的形式為求學青年培育人文知識的養份。

本編委會從上述六個有關通識教育的範疇中，以第一條作為選擇的方向，以第二條的芝加哥大學認定的「通識應該全部讀經典」作為本文叢的推廣形式，換言之，就是為初中、高中及大專院校的學生而選取的，讀者層面也兼顧自學青年及想繼續進修的社會人士，向他們推薦人文學科的經典之作，以便高中生未雨綢繆，入讀大學後可順利與通識教育科目接軌。

這套文叢將邀請在香港教學第一線的老師、相關專家及學者，組成編輯委員會，分類包括中外古今的文學、藝術等人文學科，而且邀請了一批受過學術訓練的中、大學老師為每本書撰寫「導讀」及做一些補註。雖作為學生的課餘閱讀之作，但期冀能以此薰陶、培育、提高學生的人文素養，全面發展，同時，也可作為成年人終身學習、補充新舊知識的有益讀物。

本叢書多是一代大家的經典著作，在還屬於手抄的著述年代裏，每個字都是經過作者精琢細磨之後所揀選的。為尊重作者寫作習慣和遣詞風格、尊重語言文字自身發展流變的規律，給讀者們提供一種可靠的版本，本叢書對於已經經典化的作品不進行現代漢語的規範化處理，提請讀者特別注意。

「博雅文叢」編輯委員會

二零一九年四月修訂

目錄

導讀

時光逆旅：你要穿越到唐宋詩詞的世界了嗎？

現代人——你——到底為何在群書圍繞之中伸手拿起這本《唐宋詞欣賞》？

我想，那是因為你喜歡，喜歡低低地誦讀這些遠隔千年的古典詩詞，喜歡那些被大江淘盡卻仍然使你動容的千古風流人物；因為這是中華文化的精緻結晶，讀之久矣，可以更深一步去體驗、感知古典文學給予你的感動，可以怡情養性，讓心靈更美，不致面目可憎。

以下，且容我以過來人的身份，為你收拾行李，提供一些閱讀方向，使你能夠有最好的裝備來享受這次旅程吧！

由「生活」而感受「詩詞」之美

本書作者夏承燾（一九零零——一九八六）從小喜愛古典詩詞，既精於創作，又擅長學術研究，著作近三十種，代表作如《唐宋詞人年譜》，開創了詞人譜牒之學，為中國現代詞學研究的典範。

相比夏先生其他著作，《唐宋詞欣賞》是一本屬於大眾，屬於各位「生活詩人」博雅之書。「博雅」一名，本是來自於希臘哲學家柏拉圖「自由七藝」（Liberal Arts），強調生活經驗的實踐，把專業知識放在次位。中國傳統說「君子不器」、「知行合一」，亦是相近之義。沒有生活，豈有人文？我們可不要輕視博雅之書，它能夠擺脱象牙塔學者的深奧難懂。相對許多學術巨著，博雅之書卻能回到文本細讀，真正回到生活之中，讓我們領略文學之美。

閱讀古典詩詞，不必陷入學術泥淖，空談作者已故等嚇人而又人云亦云的高調。詩人吟誦書寫，本不是因為甚麼學術研究而創作，一切來自於我們恆常所能感受的「生活」。換言之，我們只要以「生活」經驗作為基礎，設身處地的想像、體驗，把自己帶進詩詞的情境，和蘇東坡、李清照、辛棄疾等人談心，已經是最恰當的閱讀方法了。

像本書介紹辛棄疾〈水龍吟．登建康賞心亭〉，具有我們必曾感受到的「存在感」。先單看其中一句：「可惜流年，憂愁風雨，樹猶如此！」詞人因國家衰敗，無力挽回，加之感歎年華漸老，故拈出了此句。辛棄疾的焦慮、憂愁一如風雨之連綿不休，正如我們日常生活所遭遇到的各種不幸，生命是多麼無可奈何的「存在」！

《世說新說．言語》：「桓公北征經金城，見前為瑯邪時種柳，皆已十圍，慨然曰：『木猶如此，人何以堪！』攀枝執條，泫然流淚。」辛詞之句，引用了東晉將軍桓溫的典故。桓溫北征敵國時，路過金城，看到以前親手種植的柳樹已甚粗壯，忍不住感嘆落淚。

大將軍不是紙上詩人，卻在生活上展現了強烈的詩意，以至列入《世說新語》，以至被後世大詞人辛棄疾所共鳴而援用之。桓溫在戰場征戰多年，為何他竟會看見柳樹長大而哭泣？因為他對生命具有敏銳的「存在感」，他知道樹木仍會不斷成長，而種植之人，卻已經老了。

我們面對「時間」之流逝，豈非如「人面不知何處去，桃花依舊笑春風」、「舊時王謝堂前燕，飛入尋常百姓家」般，又像張敬軒唱「叮噹可否不要老，伴我長高」似的，一概能感受到古今皆有的「存在感」嗎？由此，我們始會共鳴，始會感觸。

以「想像」、「同情」體貼「詞人」之心

「存在感」之外，我們也必須懂得「想像」、「同情」，有些事情是我們尚未也不必然經驗到，卻能夠以設身處地的想像、代入，深刻感悟到作品的情思。像夏先生談及蘇東坡〈江城子．乙卯正月二十日夜記夢〉，東坡和其妻王弗過了十一年幸福的婚姻生活，王弗不幸因病逝世，留下東坡。

東坡其時即為王弗寫下墓誌銘，十年之後，悲情仍未完結，他再次夢見王弗，夢醒時分，無法抑止情感，寫下此詞。「十年生死兩茫茫。不思量，自難忘。」我們雖然不一定有喪妻的經驗，卻能借助對作者生平的掌握，體會篇章句子的意思，心同其情，分擔了東坡千年之前醒夢的悲情。就算分隔十年，依然無法淡忘。「思量」本係刻意為之，「不思量」卻仍然難忘，只因思念已經根深柢固。

又如本書提及南唐國君李煜的詞作，點出了他因為亡國的遭遇，致使詞風大變，寫下〈浪淘沙．窗外雨潺潺〉：「獨自莫憑欄，無限江山，別時容易見時難。流水落花春去也，天上人間。」江山易代，亡於自身之手，今昔待遇對比之大，就像天堂和人間之別。這種經驗，或許大多數人都沒有，但在閱讀的當下，已經開拓

自己「想像」的範圍，啟發自己對於不同生命的「同情」了。

《孟子．萬章章句下》曰：「頌其詩，讀其書，不知其人，可乎？」「知人論世」是閱讀古典詩詞的當行本色，簡言之，我們必須了解文本背後的作者，他的生平、性格，並借此作為詮釋文本的助力之一。我們透過「知人論世」，才能有所「想像」、「同情」，而體貼作者之心。夏先生是此中專家，《唐宋詞欣賞》對作品的詮釋着重「知人論世」，揭示了詞人、詞作之動態關係，深入文本的內在意涵。

三十三年之後，站在巨人肩膀的回眸

《唐宋詞欣賞》由〈詞的形式〉談起，至〈敦煌曲子詞〉，深入淺出地說明了詞體的格式、起源。其後即以詞家、詞作為主，文本細讀，自〈中唐時代的文人詞〉到〈劉克莊的《清平樂．五月十五夜玩月》〉，揭示了唐宋詞家的文學風格。最後則是分析詞作的創作主題、技巧，〈談有寄託的詠物詞〉以至〈說小令的結句〉，篇篇精彩，詩詞隨手拈來，極見論者之功力。

夏先生逝世至今，已有三十三年。如果我們站在巨人的肩膀回眸，不難發現《唐宋詞欣賞》有些歷史遺留的陳跡，和目前學界之發展，偶見扞格之處，亦是需要向現代讀者提示幾點。

其中某些論調，是在文學批評中滲有那特定時空下崇尚的思想，像〈長短句〉中談及《詩經．伐檀》說：「用參差不齊的句子，表達階級矛盾中的反抗情緒……充份表達了勞動人民對於不勞而獲的統治階級的憤怒和譴責。」〈辛棄疾的農村詞〉論道：「沒有進一步揭示農村中的階級矛盾，這是他作品的缺點。」一如此個案，大可別置。我們亦當體諒夏先生身處的時代背景，自有其論述之局限，不必苛求。

另外，夏先生視民間抒情為詞之起源，為其詞作批評的重要標準，大抵是受五四時期推倒貴族文學的影響，因而論斷花間派的詞作欠缺思想性。雖則溫韋並論，但韋高溫低，原因在於韋莊的詞具有民間風格。看本書選入之詞家，蘇東坡三篇、陸游三篇、辛棄疾七篇，明顯偏重於士大夫的個人抒情、愛國情懷。本書不談柳永，實是遺珠，但此乃散章之結集，本非系統著述，難免掛漏。讀者若要更深入了解唐宋詞，柳永、晏幾道、賀鑄等幾位詞家，可自行查閱。

《唐宋詞欣賞》雖有時代之局限，但放之此際，仍然瑕不掩瑜，因為縱然某些觀念已成陳跡，文學閱讀卻在於生活之體悟，想像的同情共感，夏先生細讀詩詞，仍然極具魅力，足以領帶我們離開二十一世紀的紛紛擾擾，返抵唐宋詞古典美學的世界。

袁仁健

袁仁健，淡江大學中文系畢業，現為政治大學中文系碩士生。火苗文學工作室成員。曾獲五虎崗文學獎首獎等獎項，文章散見報刊雜誌。

前言

這本冊子所收三十九篇小文，都是有關唐宋詞欣賞方面的作品。解放以後，從五十年代到六十年代初期的十餘年中，我一直住在杭州的西湖之濱。當時教課之暇，為適應廣大讀者欣賞唐宋詞的需要，斷斷續續地寫了些評介性的短文，分別以「湖畔詞談」、「西溪詞話」、「唐宋詞欣賞」等專欄刊目，在《浙江日報》、上海《文匯報》、香港《大公報》等報刊上連載。所評所議，管窺蠡測，未必能中其肯綮。最近將這些小文收集一起，重加修訂，交天津百花文藝出版社出版，仍名之曰「唐宋詞欣賞」。目的是，希望得到專家和廣大讀者的指正。

這三十九篇小文，大半是懷霜同志當年記錄整理的。此次修訂工作，得到吳天五、吳無聞同志的幫助，並此致謝。

夏承燾八十歲記於北京天風閣
一九七九年深秋

詞的形式

詞是配合音樂的一種文學。它的原名叫「曲子詞」，後來簡稱為「詞」。「曲子」是指音樂而言，從前也有叫詞為「曲」、叫詞為「子」的。現在詞調裏有「更漏子」、「南鄉子」，這就是「夜曲」、「南方曲」。

因為詞是配合音樂的，所以它是「樂府」詩的一種，擴大地說，是詩歌的一種。但是詞與詩不同，詞是配合音樂的，詩卻不一定都配合音樂。說詞是「樂府」的一種是正確的。從漢代就開始有「樂府」，當時的「樂府」本來是政府設立的一個音樂機構的名稱，它是為了採集民歌、配合音樂而設立的。後來「樂府」這個名稱從音樂機構變成為一種詩體的名稱。在漢時有「漢樂府」，魏晉南北朝也各有「樂府」。詞，就是唐宋時代的「樂府」。如蘇軾詞集叫《東坡樂府》，賀鑄詞集叫《東山寓聲樂府》等。

唐宋詞的形式大致有下列幾個特點：

第一，詩有題目，而詞有調名。有的詞，調名就是它的題目，譬如五代時歐陽炯的《南鄉子》。有的詞，調名下面另有題目，像蘇東坡的《念奴嬌》，題目是「赤壁懷古」。詞調是用來規定這首詞的音律的，所以每個詞調的字數、字聲、用韻的位置都有一定，不能隨意改變。像《念奴嬌》的第一句只許有四個字，下面各句的字數也有一定的規定，不能增加或減少。每一句、每一字的平仄聲也都有規定，譬如蘇東坡的《念奴嬌》的第一句「大江東去」是「仄平平仄」，不能填作「仄仄平平」。所以作詞叫做「填詞」，依調子的聲律填入平仄聲的字。作品的感情要和調子的聲律密切配合。填詞之前，先要選調。所謂「選調」，首先應該了解哪個調子是適合於表達哪樣的感情的。應該選取與自己所要表達的感情一致的詞調，不可以單看調名。譬如：不能拿《賀新郎》這個調子作為祝賀結婚的詞，因為《賀新郎》這個調子是慷慨激昂的，與「燕爾新婚」的感情不相干。再如：也不能用《千秋歲》這個調子來作祝賀生日的詞，因為這個調子是適宜於表達悲哀、憂鬱的情感的；宋代的秦觀曾經填過這個調子，有「落紅萬點愁如海」的名句，後來秦觀被貶官，死於路途之中，他的朋友們就用這個悲哀的調子來哀悼他。再如《壽樓春》，也不能因為它調名裏有個「壽」字，就以為可以作為祝壽的詞，實際上它的聲調也是悲哀的，史達祖就有悼亡的《壽樓春》詞。由此可見，選調主要是選擇調子的聲調感情，不應該單憑調名的字面去選擇。正確地選擇詞調，才能恰當地表達作品的思想感情。

第二，每首詞分作數段，一段叫做一片。一片就是唱一遍。一般情況是每首詞分上下兩片；單片的很少，分三四片的也不常見。片也叫做「闋」。所以一首詞可以說分為兩闋、三闋、四闋。後人也有把一首詞叫做一闋的。詞分上下兩片，上下片的關係要做到不脫不黏，似斷非斷，似承非承，既有聯繫而又不混同。因此，最難做的是第二片的開頭，它有個專門的名字叫做「過變」。這意思就是說，它是上下片音律的過渡起變化的地方。在這裏唱起來特別好聽，因此，要用精彩的句子，表達豐富的感情。譬如柳永的《定風波》過變的幾句是：「早知恁麼，悔當初，不把雕鞍鎖。」這是用自言自語的語氣來表達惜別、傷離的感情的。再如姜夔的《一萼紅》的過變：「南去北來何事？蕩湘雲楚水，目極傷心。」是用動盪的語氣寫的，吟誦起來特別富於感情。此外還有許多其他手法，這裏不能多舉。

詩無論多麼長，百句、千句，總是一首。詞分兩片或多片，因此一首詞又好像是兩首或數首，但是不可脫節了成為兩首或多首。作詞的人原要注意這點，讀詞的人也不可不注意這點。

詞的形式的另一個特點，是長短句。關於這個特點，下文另作介紹。

長短句

長短句，是詞的形式的特點之一，詞句十之八九是長短不齊的。詩中雖然也有長短句，但是沒有詞那樣普遍，那樣多變化。宋代人就有把詞稱作「長短句」的。像秦觀的詞集叫《淮海居士長短句》，辛棄疾的詞集叫《稼軒長短句》。詞的長短句之所以特別多，是因為它是配合音樂的。詞所配合的音樂主要的是當時的「燕樂」（「燕」字就是「宴會」的「宴」字，因為它最初流行於宴會），這是隋唐時代最流行的音樂。它是由「胡夷」、「里巷」兩種樂曲組成的。「里巷之曲」，是兩晉南北朝以來民間流行的樂曲。「胡夷之曲」，是當時從我國的新疆和甘肅、中亞細亞、印度等邊疆地區和其他國度傳進來的。由於這些外來音樂的旋律複雜、聲調變化多端，我國原有的字數固定的五、七言詩就不容易和它密切配合，所以詞就變成為長短句。

詞用長短句，一方面是為了適應音樂；另一方面，也為了更容易表達複雜的感情——既可以是慷慨激昂的，也可以是委婉細膩的。

長短句在《詩經》裏就已經出現，最突出的是那首《伐檀》，它的句式，有四言、五言、六言、七言、八言，用參差不齊的句子，表達階級矛盾中的反抗情緒。「不稼不穡，胡取禾三百廛兮？不狩不獵，胡瞻爾庭有縣貆兮？彼君子兮，不素餐兮！」這幾句，充份表達了勞動人民對於不勞而獲的統治階級的憤怒和譴責。

漢魏六朝的樂府詩，用長短句的逐漸多了，但總不及唐宋詞那樣用得廣泛。像辛棄疾的《水龍吟．登建康賞心亭》，這是他初到江南時寫的，他想發揮自己的才力來改變當時的現實，但是願望不能實現。它的上片的結尾說：「落日樓頭，斷鴻聲裏，江南遊子。把吳鈎看了，闌干拍遍，無人會，登臨意。」「落日樓頭」暗喻國事的危急，「斷鴻聲裏」兩句，暗喻自己是潦倒、飄零在南方的一個愛國志士。看「吳鈎」（吳鈎就是刀），表示雄心壯志。拍「闌干」高歌，表示憂憤。「無人會，登臨意」兩句引起下片的全部內容。這首詞用錯落不齊的句子，低昂應節的音調，表達他壯志不酬的感慨。

再如：陳亮有一首《水調歌頭．送章德茂大卿使虜》。陳亮是辛棄疾的好友，是宋朝一位堅決主張抗戰的愛國志士，抗戰是他到老不變的政治主張。當時的統治集團卻向敵人稱臣求和，他這首詞下片的開頭是：「堯之都，舜之壤，禹之封，於中應有一個半個恥臣戎！」作者把三個三字的短句和一個十一字的長句連接在一起，表達他突兀不平的憤慨。它的大意是說：我們是一個有高度文化的民族，卻不能抵抗外來侵略，反而向落後殘暴的異族屈膝投降，這多讓人氣憤。他這首《水調歌頭》過變的幾句，在所有宋代人作的這個調子過變的例子中，可以說是最能充份表達文字力量的句子。

以上所舉這些用長短句的詞，都是抒寫國家、民族的大感慨的，長短句不但適宜表達這種豪放的感情，同時也適宜抒發婉約細膩的情感，也可以用來描寫男

女愛情。

漢樂府中有一首用長短句描寫愛情的民歌，名叫《上邪》：「上邪！我欲與君相知，長命無絕衰！山無陵，江水為竭，冬雷震震夏雨雪，天地合，乃敢與君絕！」它運用變化多端的句子來表達熱烈、急切的情感，這是大家都知道的不多見的名篇。在唐宋詞裏，可舉的例子就更多了。像李清照的《如夢令》，用日常生活中的一件小事情，通過簡單的對話，反映出女性的敏感。這首詞的大意是説：昨夜醉臥中聽到了窗外的風雨聲，早晨醒來問捲簾人：「花園裏的景象如何？」捲簾人説道：「海棠花照舊開着。」而沒看到海棠花的作者卻知道：經過一夜風雨，海棠花是不會依舊的，該是葉多花少了。這裏充份表現這位女作家的敏感，同時還寄託了她個人的生活情緒。雖然只是一首二三十字的小令，而表達手法卻很曲折、靈活。它的最後幾句是：「試問捲簾人，卻道：『海棠依舊。』『知否？知否？應是綠肥紅瘦。』」其中有對話，有反問，若用五、七言詩句是不容易這樣表達的。

盛唐時代民間流行的曲子詞

詞最初是從民間來的，它的前身是民間小調。隨着唐代商業的發展，都市的興起，為適應社會文化生活的需要，同時由於音樂、詩歌的發展，詞在民間就流行起來了。唐代民間詞反映社會現實相當廣泛，具有相當強的社會功能。

唐代民間詞，雖然作品都已亡失，但是還保存了一篇唐朝開元天寶年間崔令欽所著的《教坊記》的「曲名表」。「曲名表」是民間詞調的最早記錄，它記錄當時教坊妓女所唱的三百多首曲子，雖然只有曲名而沒有作品，我們還可以根據這些曲名推測它的內容：如《捨（拾）麥子》、《鎚碓子》等，可能是寫農民勞動生活的；《漁父引》、《撥棹子》等，是反映漁民生活的；《破陣子》、《怨黃沙》、《怨胡天》、《送征衣》等，是反映戰爭，寫軍隊生活、寫征婦思念出征的丈夫的。從這些調名看來，它所反映的民間生活確實相當廣泛，內容相當豐富。由此可知，民間詞在唐代已經相當流行。它比之後來「花間」派的文人詞內容深廣得多。

我們都知道中唐時代詩人李紳、元稹、白居易提倡作新樂府，他們的作品廣泛深刻地反映了當時的社會現實。我們把「曲名表」裏的曲名與元、白新樂府對照來看，有些內容性質是很相近似的：如「曲名表」裏的《恨無媒》近似新樂府的《井底引銀瓶》，《怨陵三臺》、《守陵宮》近似於《陵園妾》，《宮人怨》近似於《上陽人》等。

現在讓我們來看看這些作品：白居易的《井底引銀瓶》，描寫了一個愛情的悲劇。它寫一個女子與一青年在牆頭馬上相見，相互產生了愛慕之心，女的私自離開家庭跟到男的家裏去，結果男的父親認為「聘即為妻奔是妾」，趕她出門。「曲名表」的《恨無媒》想來就是「聘即為妻奔是妾」的意思。造成這個悲劇的原因是私奔到夫家沒有媒人。因此，我們猜想「曲名表」的《恨無媒》，大概和新樂府的《井底引銀瓶》的內容相同。

新樂府的《上陽人》、《陵園妾》都是描寫宮怨的。荒淫的帝王到民間採選宮女，使多少家庭骨肉生離，使年輕女子過着淒涼的獨身生活。《上陽人》裏反映許多女子被選入宮，從十六歲直到六十歲，連皇帝的面孔也未曾見到，在宮中的生活是：「鶯歸燕去長悄然，春去秋來不記年。唯向深宮望明月，東西四五百回圓。」一入宮門，便沒有出去的日子，就這樣斷送了一生。有的女子被選入宮，結果卻被派去守死去了的皇帝的墳園，新樂府這首《陵園妾》，就是反映這班不幸女子的痛苦。「山宮一閉無開日，未死此身不令出」，她們就這樣被關在墳園裏，一直到死。「曲名表」的《宮人怨》、《守陵宮》、《怨陵三臺》（三臺是詞調名），曲名與新樂府的題目相近似，看來它們的內容也可能相彷彿。此外，新樂府的《縛戎人》可能近似「曲名表」的《羌心怨》，還有大家所知道的《新豐折臂翁》也可能近似「曲名表」裏的《破南蠻》。由此可見，唐民間小調是很能廣泛地反映現實生活的，這些作品價值很高。《教坊記》的作者是盛唐開元天寶時代人，白居易是中唐時代人，「曲名表」裏的唐民間詞的時代比元、白樂府要早得多。這是我們研究詞的起源和元、白新樂府的關係很可注意的材料。

「曲名表」中的作品都已亡失了，但是唐代民間詞仍有一部份流傳下來，那就是《敦煌曲子詞》。

本文論「曲名表」，參用任半塘《教坊記箋訂》。

敦煌曲子詞

「敦煌曲子詞」，是指清光緒年間在甘肅敦煌縣的一個石窟裏發現的幾百首寫本的曲子詞。這些詞是唐朝的民間詞，它反映了唐代的社會現實，其中有描寫在異族統治下淪陷區人民懷念祖國的愛國感情的，如《菩薩蠻》的「敦煌古往出神將」等。敦煌詞中也有描寫征夫和思婦感情的，如《鵲踏枝》的「叵耐靈鵲多謾語」等。有反映商人生活的，如《長相思》的「哀客在江西」等。有表達妓女痛苦的，如《望江南》的「莫攀我」等。還有歌頌真摯的愛情的，如《菩薩蠻》的「枕前發盡千般願」等。從以上所舉的一些例子可以見到敦煌詞所反映的生活面相當廣。它的形式也很多樣，有小令，也有長調，風格樸素，語言清新。雖然它的內容也有糟粕，藝術手法也還粗糙，但從上述這些特點看來，在詞的初期歷史上，還是有它重要的地位的。

下面舉幾首詞作例子來加以說明：它們有寫征夫和思婦心情的，有寫男女愛情的，有寫妓女憤慨的。

先來談談《鵲踏枝》，它的原文是這樣：

叵耐靈鵲多謾語，送喜何曾有憑據。幾度飛來活捉取，鎖上金籠休共語。　比擬好心來送喜，誰知鎖我在金籠裏。欲他征夫早歸來，騰身卻放我向青雲裏。

這首詞運用了擬人化的手法，通過婦人與靈鵲的對話，表達了婦人複雜的思念丈夫的情感。人們都説靈鵲會報喜，她也希望靈鵲來向她報告丈夫歸來的喜訊。但是靈鵲飛來卻不見丈夫回來，她就遷怒於靈鵲，抱怨牠報喜不靈，害她空歡喜一場，於是她把這隻靈鵲捉住鎖在金籠子裏來懲罰牠。下半首寫靈鵲的答話：「本來好心來給你送喜訊，誰知你卻把我鎖在金籠裏。」這是靈鵲對人的抱怨，但牠了解這位婦人的心情，並不十分埋怨她，卻希望她的丈夫早日回來，到那個時候，他們夫妻團圓，過着和平幸福的生活，一定會高興地把我放出金籠，讓我高飛，直上青雲。

整首詞通過人和靈鵲的對話，寫出婦人對和平幸福生活的熱烈嚮往。表現手法相當新穎、靈活，語言也活潑生動，是民間詞裏的一首好作品。

再看另外一首《菩薩蠻》：

枕前發盡千般願，要休且待青山爛，水面上秤錘浮，直待黃河徹底枯。

白日參辰現，北斗回南面。休即未能休，且待三更見日頭！

這首詞是表現男女間真摯的愛情的。全首寫青年男女相愛的誓辭，連說六件絕不可能成為現實的事情：青山爛，水面上浮秤錘，黃河乾得見底，白天看見星星，北斗回南面。有了這五件還不算數，最後更加強語氣說：即使這五件事都實現了，而我們的愛情還是不能中斷，除非是半夜三更出現了太陽！

詞中用六件絕不可能實現的事情，來表達愛情的堅定。又運用許多重複的字句：「要休」、「未能休」，一個「直待」，兩個「且待」，都是用急切的口吻，表示熱烈的心情。

這首詞和漢樂府的一首《上邪》，在表達感情和運用手法上都很相似，這兩首，都是民歌中的傑作。

末了談談《望江南》：

莫攀我，攀我太心偏，我是曲江臨池柳，者（這）人折折那人攀，恩愛一時間。

這首詞，是用妓女的口吻敘述了她們被侮辱、被損害的生活，表達了她們內心的無限惱恨和悲哀。

妓女把自己比做曲江池畔的楊柳，任人攀折，不能自主。沒有人真心愛過她，他們所謂的「恩愛」只不過是一時的玩弄而已。這首詞極深刻地反映了封建社會中把妓女不當人看待的殘酷的事實，使人同情妓女的不幸遭遇，憎恨那個不合理的社會制度。

這些民間詞，是寫真實情

感的好詩歌，它以清新樸素的風格影響着當代的詩人和詞人，比起後來文人清客們的遊戲消閒的作品，價值高得多。雖然民間詞有些篇章在文字上還存在着許多缺點，但是我們仍然應該重視它，因為它是唐宋詞反映現實的萌芽。

中唐時代的文人詞

詞的音樂（燕樂）在盛唐時代已經流行，它配合長短句的詞句，比較相稱。但是一般文人總還是比較保守，不容易接受長短句的形式，所以盛唐時代的初期，有許多配合「大曲」的詞，還是用五七言絕句來寫的（「大曲」是用許多遍數、好幾部音樂合奏的有歌有舞的曲調）。這些作品在宋代郭茂倩編的《樂府詩集》中可以看到。這種以絕句配合「大曲」的作品，音樂性不強，藝術性也不高，所以不大流行。

到了中唐時代，有些比較能接受民間文學的名作家，如張志和、王建、劉禹錫、白居易等，開始用長短句來填詞，寫出了許多著名的作品。現在舉幾個例子來談談。

張志和的《漁歌子》：

> 西塞山前白鷺飛，桃花流水鱖魚肥。青箬笠，綠蓑衣，斜風細雨不須歸。

這首詞裏所寫的感情與勞動人民的感情原有距離，實際上是描寫士大夫愛自然、愛閒適、愛自由的心情。它雖然美化了漁夫生活，也是對仕途不滿的一種表示。

這首詞主要是描寫人的心境，頭兩句用美好的自然景物來烘托。他描繪了一幅青山前面白鷺飛翔、色彩鮮明的畫，在桃花流水中，又游着肥肥的鱖魚，這是多麼優美的境界。這樣用景物襯托人物心情，比直接點明主題

好得多。這可見它的藝術手法。

後來的士大夫稱這首《漁歌子》是「風流千古」的名作。蘇東坡與黃山谷都曾把這首詞裏的句子，用到自己的詞中。這首詞在當時就有許多人唱和，後來編成一本唱和集。這是當時文人中最早的一本詞的唱和集。

現在我們再談談王建的《宮中調笑》。從這個調名，可以看出詞在當時宮廷中

原是玩弄、調笑的作品。但是到文人王建作這首《調笑令》時，它的思想內容就有了提高。

王建是以寫同情婦女的詩歌著名的，其中像：「聞有美人新進入，六宮未見一時愁。」六宮宮女雖然還沒見到新選來的女子，但是因為覺得自己得到皇帝寵幸的機會更少了，所以大家都一齊發愁。這是描寫這班不幸宮女的愁苦心情的好作品。他這首《宮中調笑》是這樣寫的：

團扇，團扇，美人病來遮面。玉顏憔悴三年，誰復商量管弦？弦管，弦管，春草昭陽路斷。

這首詞開頭用團扇起興，我們看到「團扇」兩字，就會想到漢朝宮妃班婕妤寫的詠團扇詩。她以秋扇被拋棄，比喻宮女失寵的身世。美人用團扇遮面，因為病容憔悴怕見君王。學習管弦，原是為了要得到皇帝的寵愛，而現在管弦對她還有甚麼用處呢？所以重複兩句「弦管，弦管」，是感嘆的話。昭陽是指漢成帝寵妃趙飛燕所住的昭陽殿，由於飛燕得寵，皇帝不再到別的宮女那邊去了，所以從昭陽殿到別宮的路上沒有人跡，長滿了青草。這是這個美人失寵的原因，也是她得病的原因。把這句主要的話放在末了點出，很有深意。

《調笑令》的第四句，必須將第三句最後兩個字顛倒過來重複兩次，這就是調笑的口吻，但是王建這首詞中，卻把它變為感嘆的口氣，它的思想內容就提高了。

《竹枝詞》與《柳枝詞》都是大家所熟悉的文學體裁，《竹枝》是四川民歌，《柳枝》是唐代洛陽新曲。劉禹錫、白居易作的最多。

劉禹錫的一首《竹枝》是這樣寫的：

楊柳青青江水平，聞郎江上唱歌聲。
東邊日出西邊雨，道是無晴卻有晴。

完全採用民歌形式。用雙關語來描寫青年男女的愛情，也是民歌常用的手法。

白居易的《竹枝》，都明白如話，也是接近民歌的。像這一首：

瞿塘峽口水煙低，白帝城頭月向西。
唱到竹枝聲咽處，寒猿暗鳥一時啼。

另外有一首《柳枝》：

紅板江橋清酒旗，館娃宮暖日斜時。
可憐雨歇東風定，萬樹千條各自垂。

末兩句寫楊柳的神態極好。白居易還有像《憶江南》這樣的作品：

江南憶，最憶是杭州。山寺月中尋桂子，郡亭枕上看潮頭。何日更重遊。

這是大家所熟悉的，不必多介紹了。

劉禹錫、白居易所作的長短句詞，風格仍與絕句、民歌相近，到後來溫庭筠的詞，才完全是另外一種面貌了。

花間詞體

《花間集》是五代時後蜀人趙崇祚編的一本詞選，一共選了五百首詞。歐陽炯作的《花間集敍》說：「則有綺筵公子，繡幌佳人，遞葉葉之花箋，文抽麗錦；舉纖纖之玉指，拍案香檀。不無清絕之辭，用助嬌嬈之態。」這是說：豪門貴族的公子、佳人們，將詞寫在花箋上，舉纖纖的玉指，按着拍板來唱。他們所寫的都是清麗的文辭，用來配合嬌柔的舞姿。可見他選詞的目的是偏重於應歌的。他所選的作家，從溫庭筠、皇甫松、韋莊到和凝、孫光憲、李珣共十八家。歐陽炯序作於後蜀廣政三年（九四零），那時溫庭筠已死了七十年左右了。皇甫松、孫光憲幾家都不是西蜀人，之所以把他們選在一處的原因是由於他們的作風與西蜀詞人有共同性：華麗的字面，婉約的表達手法，集中來寫女性的美貌和服飾以及她們的離愁別恨，這樣就構成為一個「花間」詞派的整體。在這些作品裏，反映出當時城市經濟的社會基礎和上層社會的享樂生活。西蜀詞人大多是宮廷豪門的清客，在政治上沒有重要的地位，生活空虛，文化水平也不很高，詞的內容便很單調、貧乏了。

然而《花間集》的一部份作品是間接受到民歌的影響的。因為這派作者作詞的動機是為了配合歌唱，與南朝長江上游的民歌有間接關係。有極少數的作品風格就很近民歌，如：顧夐的《訴衷情》：「換我心，為你心，始知相憶深！」等。又如牛希濟的《生查子》：

新月曲如眉，未有團欒意。紅豆不堪看，滿眼相思淚。終日劈桃穰，人在心兒裏。兩朵隔牆花，早晚成連理？

這是一首描寫愛情的詞。「新月」二句是說與愛人不能團欒，引出下面的相思。從紅豆感到相思之苦。「人在心兒裏」，字面上是寫桃仁在桃核中，意思是說所愛的人在我心裏。用雙關語作歌是民歌的常用手法。這首詞主要是寫相思之情，通過新月、紅豆、桃穰、隔牆花四種物件來表達要與所愛的人團欒成雙的願望。

另一種風格是歐陽炯、李珣諸人所描寫南方風物的《南鄉子》，這在《花間集》中也是有突出價值的作品。現在先看看歐陽炯的兩首《南鄉子》：

路入南中，桄榔葉暗蓼花紅。兩岸人家微雨後，收紅豆，樹底纖纖抬素手。

岸遠沙平，日斜歸路晚霞明。孔雀自憐金翠尾，臨水，認得行人驚不起。

第一首詞中所描寫的「桄榔葉」、「蓼花」、「紅豆」，第二首描寫的「孔雀」，都是南方特有的風物。前首寫南方的風景，寫出了少女們採擷紅豆的情景，是一幅富有生活氣息的圖畫。後一首描寫孔雀臨水照影，金翠尾與晚霞相照映，也構成了一幅色彩鮮豔的畫面。

現在再看看李珣的兩首《南鄉子》：

乘彩舫，過蓮塘，棹歌驚起睡鴛鴦。帶香遊女偎伴笑，爭窈窕，競折團荷遮晚照。

相見處，晚晴天，刺桐花下越臺前。暗裏回眸深屬意，遺雙翠，騎象背人先過水。

這兩首詞很形象地刻畫了人物的情態。第一首寫一群小姑娘在蓮塘裏乘船嬉戲的情景，靈活、逼真地描繪了少女們的害羞、嬌憨。下一首描寫少女細膩的感情和行動。這是寫一個女孩子遇到自己喜愛的情人，怕人看見，只好偷偷地用眼神傳達對他的情意，並且假裝掉下了雙翠羽（是女子的首飾），背着人騎象先過河去等候他。詞中所寫的「刺桐花」、「越臺」、「騎象」也都是南方特有的風光。

不同風格的溫（庭筠）、韋（莊）詞

溫庭筠、韋莊是花間派的著名詞家。前人讀唐五代詞，時常把溫庭筠、韋莊兩家相提並論，認為兩人詞風是差不多的。實際上他們是代表着兩種不同的詞風。就他們兩人的詩風論也是如此：溫庭筠詩近李商隱，韋莊詩近白居易；他們的詞風與詩風正是一致的。作品風格的不同決定於他們兩人的不同的生活遭遇。

溫庭筠出身於沒落貴族家庭，雖然一生潦倒，但是一向依靠貴族過活。他的詞主要內容是描寫妓女生活和男女間的離愁別恨的。他許多詞是為宮廷、豪門娛樂而作，是寫給宮廷、豪門裏的歌妓唱的。為了適合於這些唱歌者和聽歌者的身份，詞的風格就傾向於婉轉、隱約。他的詞中也偶然有反映他個人感情，寫自己不得意的哀怨和隱衷的，由於他不敢明白抒寫自己的感情，所以要通過這種婉轉、隱約的手法來表達。這些作品就很自然地繼承六朝宮體的傳統。由於繼承這個文學傳統，由於宮廷、都市的物質環境，形成溫庭筠詞的特色：一是外表色彩綺靡華麗，二是表情隱約細緻。這正是沒落貴族落拓文士生活感情的一種表現。

韋莊雖然也出身於沒落貴族家庭，但他五十九歲才中進士，在這以前生活很窮苦，漂泊過許多地方，這種漂泊的生活佔據了他一生的大部份歲月。他晚年在前蜀任吏部侍郎、平章事（平章事就是宰相），第二年就死了。大半生的漂泊生活，使他能接受民間作品的影響，使他的詞在當時詞壇上有它獨特的風格。

正是這種不同的生活遭遇形成了他們兩人不同的文學風格，簡單地說：溫庭筠「密而隱」，韋莊「疏而顯」。現在我們先來看看溫庭筠的具體作品《夢江南》：

梳洗罷，獨倚望江樓。過盡千帆皆不是，斜暉脈脈水悠悠。腸斷白蘋洲。

這首詞描寫一個女子等待所愛的人而終究失望的心情。她所愛的人是從水路坐船歸來的，她從早到晚倚樓望江，希望眼前過去的船隻中有一隻載他歸來，會停在她的樓前。然而「過盡千帆皆不是」，從清晨「梳洗罷」直望到黃昏，仍不見他歸來。這「過盡千帆皆不是」一句，一方面寫眼前的事實，另一方面也有寓意，含有「天下人何限，慊慊只為汝」的意思，說明她愛情的堅貞專一。清代譚獻「紅杏枝頭儂與汝，千花百草從渠許」詞句和這意思也相近。

王國維《人間詞話》說：「一切景語皆情語。」這首詞「斜暉脈脈」是寫黃昏景物，夕陽欲落不落，似乎依依不捨。這裏點出時間，聯繫開頭的「梳洗罷」，說明她已望了整整一天了。但這不是單純的寫景，主要還是表情。用「斜暉脈脈」比喻女的對男的脈脈含情，依依不捨。「水悠悠」可能指無情的男子像悠悠江水一去不返（「悠悠」在這裏作無情解，如「悠悠行路心」是說像行路的人對我全不關心）。這樣兩個對比，才逼出末句「腸斷白蘋洲」的「腸斷」來。這句若僅作景語看，「腸斷」二字便無來源。溫庭筠詞深密，應如此體會。

小令詞短小，造句精練、概括。這首小令做到字字起作用，即閒語也有用意，前文所舉各句之外，如開頭的「梳洗罷」是說在愛人未到之前，精心梳洗打扮好等他來，也有「女為悅己者容」的意思。又，古時男女常採蘋花贈人，末句的「白蘋洲」也關合全首相思之情。

這詞字字都扣緊作者所要表達的思想感情，如電影中每一場景、每一道具都起特定的作用。《花間集》裏的小令，只有溫庭筠這種作品能做到如此。

下面再看看他另一首《更漏子》：

柳絲長，春雨細，花外漏聲迢遞。驚塞雁，起城烏，畫屏金鷓鴣。　香霧薄，透簾幕，惆悵謝家池閣。紅燭背，繡簾垂，夢長君不知。

《更漏子》就是「夜曲」。從前把一夜分成五更，「更漏」是指古代用銅壺滴漏來計算時刻。「子」就是曲。詞調裏如《生查子》、《採桑子》等，都以「子」為名，「子」就是「曲子」的簡稱。

這一首是描寫相思的詞。上片開頭三句是說：在深夜裏聽到遙遠的地方傳來的漏聲，這聲音好像柳絲那樣長，春雨那樣細。由此可知，已經是夜深人靜的時候了。同時也點出人的失眠，因為只有深夜失眠的人，才會聽見這又遠、又細、又長的聲響。

下面「驚塞雁」三句是說：這漏聲雖細，卻能驚起邊疆關塞上的雁兒和城牆上的烏鴉，而只有屏風上畫的金鷓鴣卻不驚不起，無動於衷。事實上細長的漏聲是不會驚起「塞雁」與「城烏」的，這是作者極寫不眠者的心情不安，感覺特別靈敏。

這首詞上下片的兩結句，都十分簡練，而含意深長。「畫屏金鷓鴣」是上片的結句。它前面「驚塞雁」、「起城烏」兩句，都冠以動詞，為甚麼獨「畫屏金鷓鴣」

句不着一個動詞？鷓鴣不驚不起，是何道理？這使我們想起溫庭筠《菩薩蠻》詞中有「雙雙金鷓鴣」之句，由此可悟這首詞寫金鷓鴣不驚不起，是由於牠成雙成對，無憂無愁。這樣寫的目的，正是反襯人的孤獨。這句如果只看單純的寫景而不聯繫感情，那就和全首詞寫相思的主題毫無關係了。

下片結句點明「惆悵」的原因，也很隱微曲折。一首四十多字的小令，而寫來這樣婉約、含蓄，這正是溫庭筠小令的特有風格。

從上面談到的具體作品，我們可以大致了解溫庭筠詞的風格。他加強了詞的組織性，用暗示、聯想的手法，使它能表達五、七言詩不能表達的內容情感；這是當時許多人創作經驗的累積，也是溫庭筠個人努力的成績。不過，由於他過份講究文字聲律，因而產生了許多流弊，使詞這種新文學趨向格律化，使它成為文人的專用品，逐漸遠離人民。同時，由於文人的階級意識和生活的限制，作品內容日益空虛，遠不及敦煌民間詞的廣博深厚。這是溫庭筠詞的缺點，也是後來花間派詞的共同缺點。

詞在民間初起的時候，本來是抒情文學，後來這種文學傳入宮廷、豪門與文人之手，他們閹割了它的思想內容，只拿它作為娛樂調笑的工具，《宮中調笑》這個調名就明顯地說明了這個轉變。晚唐五代文人作詞，大部份是為了宮廷、豪門的娛樂。在這班作家裏能寫他自己個人生活情感的，韋莊是比較突出的一位。雖然溫庭筠的詞裏也許有他自己的生活情感，但是他的創作動機主要是為應歌。韋莊的詞雖然也有為應歌而作的，但是他的創作動機主要是為抒情的。

晚唐五代文人詞大都為應歌而作，缺乏真摯的感情。其間也有一部份文人拿詞作為抒情工具，使它逐漸脫離音樂而自有其文學的獨立生命。韋莊在五代文人詞內容日益墮落的時候，重新領它回到民間抒情詞的道路上來，他使詞逐漸脫離音樂而有它的獨立生命。雖然他的詞內容還不夠廣泛，描寫不夠深刻，但是，這在五代文人詞浮豔虛華的氣氛裏，他這類抒情的作品是不可多得的。這個傾向影響了後來蘇軾、辛棄疾等大家，我們如果認為蘇、辛一派抒情詞是唐宋詞的主流，那麼，在這個主流的源頭上，韋莊是值得我們重視的一位作家。

我們談過了溫庭筠的具體作品，現在拿韋莊的作品和他比較一下，就能看出他們明顯的不同的風格。韋莊有兩首《女冠子》：

四月十七，正是去年今日。別君時，忍淚佯低面，含羞半斂眉。　不知魂已斷，空有夢相隨。除卻天邊月，沒人知。

昨夜夜半，枕上分明夢見。語多時，依舊桃花面，頻低柳葉眉。　半羞還半喜，欲去又依依。覺來知是夢，不勝悲。

第一首的上片寫情人相別，下片寫別後相思。第二首的上片是因相思而入夢，下片結句寫夢醒。兩首寫一件事，這和敦煌曲子詞的兩首《鳳歸雲》相似，都是「聯章體」。

第一首的開頭明記日月毫無修飾，這是民間文學的樸素的風格，在文人詞中是很少見的。整首詞略有作意的只是末兩句：「除卻天邊月，沒人知。」含意也是明白易懂的。

一般文人詞都很重視結句，小令的結句尤其如此。溫庭筠寫夢的小令，如《更漏子》結句：「紅燭背，繡簾垂，夢長君不知。」《菩薩蠻》結句：「花落子規啼，綠窗殘夢迷。」都寫得婉約含蓄，不肯明顯地道出感情，這和韋莊詞的手法是完全不同的。再看韋莊另一首《思帝鄉》：

春日遊，杏花吹滿頭。陌上誰家年少足風流。妾擬將身嫁與一生休。
縱被無情棄，不能羞！

這是文人詞中描寫愛情極突出的一首，十分像民歌。韋莊這首與我們前面講過的敦煌曲子詞《菩薩蠻》的「枕前發盡千般願」一首，內容雖然不盡相同，但感情的熱烈、真摯卻沒有兩樣。這樣真率抒情，像元人散曲，很明顯是受民間作品的影響。溫庭筠寫愛情的詞，最明朗的像「偷眼暗形相，不如從嫁與，作鴛鴦」。他至多只能說到這樣，與韋莊的作品比較起來，仍是婉約含蓄的。

溫、韋詞的風格雖然有較大的差異，但是他們同是晚唐五代著名的詞家，在同一時代的文學

風氣之下，他們的詞風自然也異中有同。溫庭筠詞的特徵是深密，但也有較疏的，如《更漏子》：「梧桐樹、三更雨。」這是近於韋莊的。韋莊詞很疏快，但像《木蘭花》「獨上小樓春欲暮」，《浣溪沙》「清曉妝成寒食天」，這兩首卻是近於溫庭筠的，這是異中之同。在這裏所談的是要辨別兩家詞的特色。文人氣息和民間氣息的孰濃孰淡，是他們兩家作品風格的不同之處。這不僅是藝術手法差異，主要是決定於他們兩人的不同的生活遭遇。

溫庭筠的《菩薩蠻》

小山重疊金明滅，鬢雲欲度香腮雪。懶起畫蛾眉，弄妝梳洗遲。
照花前後鏡，花面交相映。新貼繡羅襦，雙雙金鷓鴣。

溫庭筠這首《菩薩蠻》是描寫一個女子的孤獨苦悶的心情。開頭兩句是寫她褪了色走了樣的眉暈、額黃和亂髮，是隔夜的殘妝。「小山」是指眉毛（唐明皇造出十種女子畫眉的式樣，有遠山眉、三峰眉等等。小山眉是十種眉樣之一），「小山重疊」即指眉暈褪色。「金」是指額黃（在額上塗黃色叫「額黃」，這是六朝以來婦女的習尚）。「金明滅」是說褪了色的額黃有明有暗。第二句的「鬢雲」指頭髮，「香腮」是面頰，全句是說亂髮垂在面上。三、四兩句寫剛起床時「弄妝」，用一「懶」字、一「遲」字，是由外表進入到內心的描寫。

下片開頭兩句寫妝成之後的明豔，極寫其人之美。整首詞只是寫這女子從起身梳妝到妝成着衣，最後兩句寫穿衣時忽然看見衣服上有新貼的雙雙金鷓鴣，全詞

就說到這兒為止，並沒有明顯地寫出她看到雙雙金鷓鴣時的心情。但是讀者從「雙雙」兩字聯繫上文是能領會作者的寓意的。這兩字是反寫這女子的孤獨，看見衣服上的金鷓鴣都是雙雙對對的，就使她觸景生情，自憐孤獨。全篇點睛的是「雙雙」兩字，它是上片「懶」和「遲」的根源。全詞描寫女性，這裏面也可能暗寓這位沒落文人自己的身世之感。至若清代常州派詞家拿屈原來比擬，說「照花前後鏡」四句即《離騷》「初服」之意（見張惠言《詞選》），那無疑是附會太過了。（《離騷》：「退將復修吾初服。」「初服」是說我原來穿的衣服。）

這首詞代表了溫庭筠的藝術風格：深而又密。深是幾個字概括許多層意思，密是一句話可起幾句話的作用。這首詞短短的篇章，一共只八句，而深密曲折如此，這是唐人重含蓄的絕句詩的進一步的演化。

論韋莊詞

韋莊的老家在京兆杜陵，即今陝西長安附近。杜陵的韋姓，是唐代的世家大族。韋莊的遠祖韋待價，是武后時的宰相。後來出過一位名詩人，就是韋莊的四世祖韋應物。韋莊是詞家又是詩人。他晚年曾住成都浣花溪上杜甫草堂的舊址，因而他的詩集名《浣花集》。《浣花集》原本廿卷，現在只存十卷，共有詩二百四十六首。合之後人所輯，也不滿四百首。據他的《乞採箋》歌「我有詩歌一千首」看來，該有不少詩篇已經散佚了。他的詞《全唐詩》共收五十四闋，其中四十八闋載於《花間集》。在《花間集》裏各作家中，韋莊詞數量之多，僅次於溫庭筠。以時代說，他是溫庭筠以後的一位重要作家；以作品風格說，他和溫庭筠是不盡相同的。

韋莊生於唐文宗開成元年（八三六），死於蜀高祖武成三年（九一零），得年七十五歲。（參閱拙著《唐宋詞人年譜．韋端己年譜》）他生在唐帝國由衰弱到滅亡、五代十國分裂混亂的時代。他一生飽受離亂漂泊之苦，這對於他的文學有很大的影響。

韋莊雖出生於世家大族，但他這一房族到五代時，久已中落了。他五十九歲才中進士。在這以前，生活很窮苦。《太平廣記》引《朝野僉載》稱他「數米而炊，析薪而爨」，這種窮苦和漂泊的生活，佔他全部生命的四分之三強；「晚達」的生涯，卻並不長久。他中進士以後，六十六歲始仕西蜀，為蜀主王建所倚重，七十一歲為安撫使，七十二歲助王建稱帝，建立割據局面，七十五歲就死了。他在西蜀這個割據小朝廷裏，做到吏部侍郎兼平章事，不過一兩年罷了。

他四十五歲在長安應舉，值黃巢軍攻破長安，他陷兵火中大病幾死，一度與弟妹相失，後來逃出長安。從此以後六七年間，在各地流浪。他那時五十多歲。他曾經穿過安徽、河南到潼關，又迂道山西，南抵鎮江、東陽，西到三衢兩湖。為了求食求仕，浪跡萬里。五十六歲那年，仍失意地回到東陽。直到五十九歲進士及第，他的流離漂泊的生活才告結束。由於這種流離漂泊的生活，才使他能夠較多地接觸民間生活和接受民間作品的影響，使他的詞在《花間集》裏有其特異的風格。

溫、韋詞的同中之異

溫庭筠詞和韋莊詞並稱「溫韋」。他們在《花間集》裏是兩位突出的詞家。《花間集》選錄晚唐五代十八家詞五百首，其內容大都描寫上層階級的冶遊享樂生活和離情別緒，其語言多穠豔軟媚。溫、韋是花間派的代表作家，他倆的詞可以說是大同小異：溫詞較密，韋詞較疏；溫詞較隱，韋詞較顯。

溫詞向來以穠麗婉約著稱，他作《菩薩蠻》十四首，往往在一首或一片裏，敍說好幾件事或好幾層意思，如：

水精簾裏玻璃枕，暖香惹夢鴛鴦錦。江上柳如煙，雁飛殘月天。

這四句是一首詞的上片，它寫出兩個人物和兩種環境，並映托出他們的兩種心情。上兩句是指居者，下兩句是指行者；上兩句描寫居者的環境是這樣舒適溫暖，下兩句寫行者的環境是那樣淒清寂寞。兩者相形，自然顯出怨別傷離的情緒，不必更着「愁」、「恨」等等字面了。從這半闋《菩薩蠻》，可以說明溫詞的細膩程度。

韋莊也有五首《菩薩蠻》，且舉一首為例：

人人盡說江南好，遊人只合江南老。春水碧於天，畫船聽雨眠。壚邊人似月，皓腕凝雙雪。未老莫還鄉，還鄉須斷腸。

這首詞的內容是說遊人到了江南，就被它吸引住，不願意離開它。開頭兩句和結尾兩句直接說明了這個意思。那末，江南究竟好在哪裏呢？作者用上片下兩句和下片上兩句作了回答。上片下兩句讚美江南的水鄉，下片上兩句讚美江南的美女。

總的意思是讚美江南。

其他如「如今卻憶江南樂」、「勸君今夜須沉醉」諸首，也都如此，比起溫詞，它顯得自有疏朗的風格。韋莊詞並且有好幾首合說一件事、一個意思的，最明顯的例子是《女冠子》：

四月十七，正是去年今日。別君時，忍淚佯低面，含羞半斂眉。　不知魂已斷，空有夢相隨。除卻天邊月，沒人知。

昨夜夜半，枕上分明夢見。語多時，依舊桃花面，頻低柳葉眉。　半羞還半喜，欲去又依依。覺來知是夢，不勝悲。

第一首的上片寫情人相別，下片寫別後相思；第二首的上片寫由相思而入夢，下片結句寫夢醒後的悲苦。兩首合起來只寫一件事。前人論文有「密不容針」、「疏可走馬」的說法，這正可用來分別評論溫庭筠、韋莊兩位詞家的某些小令的不同風格。

次說「隱」、「顯」之別，也可以舉《菩薩蠻》為例。溫庭筠詞如：

小山重疊金明滅，鬢雲欲度香腮雪。懶起畫蛾眉，弄妝梳洗遲。　照花前後鏡，花面交相映。新貼繡羅襦，雙雙金鷓鴣。

全首都寫女子的妝飾，上片從宿妝寫起，到起床後梳洗。下片「照花前後鏡」

兩句寫妝成，末了以穿着「新貼繡羅襦」作結，好像沒有一字說到這女子的情感；細讀才知上片結句「懶」字、「遲」字已暗點情感，到下片結句拈出「雙雙金鷓鴣」的「雙雙」兩字，乃從反面襯托出這個女子的孤獨。這是隱曲婉約的寫法。

再看韋莊《菩薩蠻》「人人盡說江南好」，全首一氣直下，沒有一句隱晦難懂的話。韋莊還有一首極「顯」的例子，那是《思帝鄉》：

> 春日遊，杏花吹滿頭。陌上誰家年少足風流。妾擬將身嫁與一生休。
> 縱被無情棄，不能羞！

清代賀裳《皺水軒詞筌》裏評這首詞說：「小詞以含蓄為佳，亦有作決絕語而妙者，如韋莊『陌上誰家年少足風流。妾擬將身嫁與一生休。縱被無情棄，不能羞！』之類是也。」

溫庭筠作這類戀情詞，最直率的也只能如《南歌子》詞中所說：「偷眼暗形相，不如從嫁與，作鴛鴦。」而韋莊詞於「一生休」之下，卻又加上「縱被無情棄，不能羞」兩句，簡直是說到盡頭了。溫庭筠一派婉約詞，在晚唐五代很流行。後人便以「婉約」作為詞的標準。像韋莊這類酣恣淋漓近乎元人北曲的抒情作品，在五代文人詞裏是很少見的；只有當時的民間詞如敦煌曲子等，才有這種風格。這是韋莊詞很可注意的一個特點。

把文人詞帶回到民間作品的抒情道路上來

上文舉韋莊詞「疏」、「顯」兩種風格，是拿溫庭筠的詞比較來說的。我們若從韋莊詞整個風格看，應該說他的作品的最大特徵，是把當時文人詞帶回到民間作品的抒情道路上來，又對民間抒情詞給以藝術的加工和提高。這是他在詞的發展史上最大的功績。

詞在民間初起時，本來是抒情的文學。敦煌曲子裏的作品，大都是反映民間生活的真情實感的。後來這種文學傳入宮廷和貴族大家，他們閹割了它的思想內容，拿它的音樂和形式作為酒邊花間娛樂調笑之用，「宮中調笑」這個詞牌名就是這個過程最明顯的說明。晚唐五代文人作詞的動機大多數是為了供皇家、貴族和士大夫們的娛樂，而不是為了寫自己的真實情感的。花間一派以溫庭筠為宗，是晚唐五代文人詞的代表作家。溫庭筠詞十之八九是寫婦女的。縱使他的詞裏有些句子反映了作者自己個人的情感，那也是十分隱晦微弱的。文人詞能寫自己個人生活情感的，在唐五代雖然不能說韋莊是僅有的例子，但是可以說韋莊是突出的例子。像他的《菩薩蠻》：

洛陽城裏春光好，洛陽才子他鄉老……

人人盡說江南好，遊人只合江南老……

如今卻憶江南樂，當時年少春衫薄……

以上各首，都是寫他自己的浪遊情緒的。《女冠子》二首，明記月日，當也是他自己的情事。又如《謁金門》：

空相憶，無計得傳消息。天上姮娥人不識，寄書何處覓？　新睡覺來無力，不忍把君書跡。滿院落花春寂寂，斷腸芳草碧。

《荷葉杯》二首：

絕代佳人難得，傾國。花下見無期。一雙愁黛遠山眉，不忍更思惟。

閒掩翠屏金鳳，殘夢。羅幕畫堂空。碧天無路信難通，惆悵舊房櫳。

記得那年花下，深夜。初識謝娘時。水堂西面畫簾垂，攜手暗相期。

惆悵曉鶯殘月，相別。從此隔音塵。如今俱是異鄉人，相見更無因。

《浣溪沙》一首：

夜夜相思更漏殘，傷心明月憑闌干，想君思我錦衾寒。　咫尺畫堂深似海，憶來惟把舊書看，幾時攜手入長安。

以上諸首，都是憶舊歡和悼念亡姬之作。楊偍《古今詞話》說為王建奪去的寵姬而作，不可信，拙著《韋端己年譜》中曾予以辨明。

上引諸詞，從量方面說，在韋莊現存的四十八首裏就有十首左右，約佔五分之一；從質方面說，它在抒情詞裏雖然還嫌內容不夠廣泛，描寫不夠深刻；但是它的發展前景，那就是開李煜和蘇軾、辛棄疾詞的先河。在晚唐五代文人詞浮豔虛華的氣氛裏，居然出現韋莊這些抒寫生活情感的作品，那是不容忽視的。

前人論詞，以「婉約」為正宗，以為作詞必須含蓄曲折，有不盡之意，才算合格。這種風氣開端於溫庭筠一派文人詞。唐代的民間詞，原來並不如此：它們以直率坦白的語言寫熱烈真摯的情感，往往是以一吐為快的；舉敦煌曲子裏《菩薩蠻》一首作例：

枕前發盡千般願，要休且待青山爛，水面上秤錘浮，直待黃河徹底枯。　　白日參辰現，北斗回南面。休即未能休，且待三更見日頭！

拿它來比韋莊的《思帝鄉》「春日遊，杏花吹滿頭」一首，含意未必全同：前者寫「之死矢靡它」之堅決，後者寫「一見傾心」的嚮往，而情感的熱烈卻沒有兩樣。雖然在韋莊詞裏這類作品並不多，最著名的也只有這一首。但是在文士們以婉約含蓄為正宗的文學氣氛裏，居然有這麼一首，也可說是獨放異彩了。

今存的韋莊詞十之八九見於《花間集》中。《花間集》所選的大都是「鏤玉雕瓊」、「裁花剪葉」（《花間集序》語）的作品，我想韋莊這類熱情奔放的作品也許不止這一首，可能因為不被選入《花間集》，就從此亡佚了。

從三方面說明韋莊詞如何走上抒情的道路

韋莊詞所以會走上這條抒情的道路，我以為可從三方面來說明：

1、唐宋詞人兼擅詩詞兩種文學的，他的詞風往往和他的詩風相近似。溫庭筠的詩從梁陳宮體、六朝賦而來，講究對仗，注重字面的華麗，他的詩風如此，詞風也如此。韋莊詩樸素平直，善於抒情，接近白居易。他的長詩《秦婦吟》和白居易的《長恨歌》、《琵琶行》風格很接近。他的《浣花集》裏並且誤入白居易的作品。韋莊的詞如《女冠子》（四月十七）、《思帝鄉》（春日遊）諸首，都淺顯如話，也正和他的詩風相一致。

2、溫、韋兩家詩風詞風不同，是由於他們的生活和生活態度不同。溫庭筠出身於沒落貴族家庭，雖然一生潦倒，但是一向依靠貴人過活。他的詩集裏有許多酬贈官僚的作品，他的詞也和貴人脫不了關係：據傳他的好幾首《菩薩蠻》詞，就是令狐綯託他代唐宣宗作的。韋莊五十九歲登第以前，流落江湖，除四十八歲逃出長安時一度獻詩投靠於鎮海軍節度使周寶外，很少和貴人來往。他的詩集相與酬答的大都是秀才和尚一流人。由於時代的動亂，生活的貧困，迫使韋莊五十以後還為求食求官奔走四方，這和白居易少年時代的身世很相似。他的詩風近似白居易，因此也就影響到他的詞風。

3、韋莊的詩和詞都有民間氣息，他的詞用民間文學體裁，和敦煌曲子相近，例如前面所舉的《女冠子》用兩首詠一件事，就是民間的聯章體。敦煌曲子詞裏的《鳳歸雲》、和凝的《江城子》等都是聯章體。韋莊的《思帝鄉》的情感和語言尤接近民間文學，這自然和他較多地接觸民間生活有關係。

韋莊詞和音樂的關係

還有一點值得注意的，是韋莊詞和音樂的關係。晚唐五代的文人詞大都為應歌而作。《舊唐書．溫庭筠傳》説庭筠混跡妓院，「能逐弦吹之音為側豔之詞」，這和北宋柳永為妓女填新腔，同一情形。他們創作的目的，只是為「綺筵公子、繡幌佳人」作「清絕之詞，助嬌嬈之態」（《花間集序》語），它是不大需要有作者的情感的；這類作品裏的作者個人情感太濃厚的話，有時反而會妨礙它的娛賓遣興的廣泛效果。所以這類作品的內容大都是淺薄、單調，有的只是襲用古人的成作，馮延巳的《長命女》詞完全襲用白居易詩，就是一個例子。《花間集》裏不但有像魯迅所説寫釘梢的詞，以至有比釘梢更甚的作品，這類作品之所以居然入選，就只是由於它有協樂應歌的作用。宮廷、貴族、士大夫所喜愛的應歌詞，它的流弊會使詞走向空虛、墮落的道路。到了五代時，詞的流弊已經很明顯了。

文人拿詞做抒情工具，使它逐漸脱離了音樂而自有其文學的獨立生命的，在北宋是著名的作家蘇軾。蘇軾以前要數到李煜和韋莊。我們原不能說韋莊的詞完全不是為應歌而作，在那個時代裏那是不可能的；但他的詞因為有自己的生活內容，因為他是拿詞作為抒情工具的，便自然會和那些只為應歌而作的作品分路了。我們讀他的《謁金門》、《女冠子》這類詞，有那樣洋溢的生活感情，是不可能想像它是只為應歌而作的。

文學本身既然有其真實的生活情感，它自然不必更倚仗於其他條件——如華麗的字面和動聽的音樂等。後來的李煜、蘇軾、辛棄疾的詞都是如此。溫庭筠就不如此，他的詞裏雖然也許有些抒情的成份，但他的創作動機主要是為應歌的。這猶之韋莊詞雖然也可以應歌，但他的創作動機主要是為抒情的。這是溫、韋兩家詞的根本不同之處。

韋莊抒情詞的影響

就詞這種文學在文人手中初期發展的形勢和它後來的影響論，我們對韋莊的看法是：他在五代文人詞的內容走向空虛墮落途徑的時候，重新領它回到民間抒情詞的道路上來；他使詞逐漸脫離了音樂，而有獨立的生命。這個傾向影響後來的李煜、蘇軾、辛棄疾諸大家。當然，李煜、蘇軾、辛棄疾在抒情詞方面的成就，又各自不同：李煜是亡國之君，其詞多家國之痛，乃用血淚寫成者。蘇、辛兩家在詞壇上開創了一個詞派——豪放派，他們用詞這個文學體裁來抒寫自己的性情、學問、胸襟、抱負，他們對詞壇的貢獻和影響遠非韋莊可比擬。但是，我們若認為李煜、蘇、辛一派抒情詞是唐宋詞的主流，那麼，在這個主流的源頭上，韋莊是應該得到重視的一位作家。

本文開頭依據《新唐書．宰相世系表》，論定詩人韋應物是韋莊的四世祖。日本京都大學的清水茂先生不同意這一說法。他說世系表不可盡信；韋莊若是韋應物的後裔，不應詩文中無一語提及。（見日本京都大學《中國文學報》對拙著《唐宋詞人年譜》的評文）案《新唐書》世系表原多謬誤，宋人洪邁的《容齋隨筆》、清人王鳴盛的《十七史商榷》、錢大昕的《廿二史考異》、沈炳震的《唐書宰相世系表》等書都已舉出；但是關於韋應物、韋莊祖孫關係這一問題，清水茂先生不曾舉出確鑿的反證。本文姑依舊說，史學方家，幸辨訂之。

南唐詞

西蜀、南唐，為五代歌詞繁殖之地。前文介紹的花間詞體和《花間集》，它的作者大都是西蜀的詞人。在晚唐五代與西蜀詞並峙的，還有長江下游的另一個詞派——南唐詞。

南唐、西蜀這兩個國家的都城，一個在長江下游的南京，一個在長江上游的成都。這是兩個很富庶的地方，又都沒有遭到五代的兵禍，他們的統治階級和宮廷貴族過着歌酒昇平的生活。南唐詞與西蜀詞一樣，都是在宮廷和豪門享樂的基礎上發展起來的。但是南唐的文化比西蜀高，南京自三國以來就是南方政治和文化的中心。西蜀詞的作者大都是宮廷豪門的清客，而南唐詞的作者大都是統治階級人物，有很高的政治地位和文化水平。這兩個詞派的來源也完全不同，西蜀詞大部份是從民間來的。由於西蜀詞的作者大都是宮廷豪門的清客，他們不繼承民歌的樸素清新的優點，卻吸收了它的糟粕，並發展了它的不健康的情緒。至於上文談過的幾首《南鄉子》，那在《花間集》中是不可多得的。南唐詞多半從唐代的抒情七絕來，其中李煜等人的作品則以抒情為主，感情較深摯，風格也較高，就其對後代的影響來説也比西蜀詞好。

南唐詞的主要作家是馮延巳和南唐二主——李璟、李煜。

南唐中主李璟，他在位的十九年中，都在憂愁悔恨中過日子，由於他即位以後多次向鄰國挑釁，引起北方的周世宗的幾次親征南唐。當時南唐外受周的威脅，內部黨爭又相當激烈。李璟為避北方兵力的壓迫，從南京遷都到南昌，後來就死於南昌。李璟是一個有才華的詞人，他的詞現在流傳的只有四首。下面談一首《攤破浣溪沙》：

> 菡萏香銷翠葉殘，西風愁起碧波間。還與韶光共憔悴，不堪看。　細雨夢回雞塞遠，小樓吹徹玉笙寒。多少淚珠何限恨，倚闌干。

這首詞上片寫秋景，下片寫思念遠人。一、二兩句寫出荷花凋殘的時候，人的愁悶因西風而起（菡萏是荷花的別名）。與這韶光一同憔悴的人，不堪看這滿眼蕭瑟的景象。王國維《人間詞話》極稱賞「菡萏」兩句，認為有「美人遲暮」的感慨。

下片寫思婦在夢裏與邊塞的丈夫相會，她醒來正是秋風秋雨的時候。想到雞鹿塞是在很遠、很遠的地方（雞塞就是雞鹿塞。古地名，在今內蒙古杭錦後旗西）。她為了排遣孤單的愁緒，獨自在小樓上吹玉笙，但是仍然忍不住要流淚。

這雖然是一首描寫思婦的詞，但實際上作者是通過這個題材來抒寫自己的心情。「細雨」兩句極為王安石所欣賞，認為是南唐最好的詞句。

李璟的詞是消極哀怨的，這決定於他的階級地位和他那種特殊的境遇。但是他能如實寫自己的感情，這就不同於內容浮豔空虛的花間體詞。他是李煜的前驅。

南唐後主李煜，是五代詞的代表作家，也是對後來的宋詞有較大影響的作家。

他的詞，現存三十多首。南唐在五代十國裏，是經濟、文化基礎最好的一個國家，李煜又生長在一個充滿文藝氣氛的家庭和宮廷裏，他的文化修養高於五代其他君主，這一切都有助於他的詞作的成就。

李煜前半生的詞作，像《玉樓春》中所寫的：「晚妝初了明肌雪，春殿嬪娥魚貫列。」《菩薩蠻》中所寫的：「畫堂南畔見，一向偎人顫。奴為出來難，教君恣意憐。」等。這些詞的內容還同西蜀差不多，是描寫宮廷中豪華的娛樂生活和豔情生活的。到了亡國以後，李煜過了三個年頭「此中日夕只以眼淚洗面」的俘虜生活。這短短三年的生活經驗遠遠超過他前半生的二三十年，他的一首《破陣子》：「四十年來家國」就明顯地寫出了這種生活的轉變。正由於這種生活的轉變，使他後期寫出了好幾首傳誦後世的名作。如《虞美人》「春花秋月何時了」，《烏夜啼》「無言獨上西樓」，《浪淘沙》「簾外雨潺潺」等，這些都是大家熟悉的作品。下面具體談他的一首《浪淘沙》：

簾外雨潺潺，春意闌珊。羅衾不耐五更寒。夢裏不知身是客，一晌貪歡。

獨自莫憑欄，無限江山，別時容易見時難。流水落花春去也，天上人間。

這是李煜亡國後的作品。上片倒敍，說只有夢裏忘記自己是「客」，實際是俘虜；也只有在夢裏還能貪戀一下片刻的歡娛。當夢醒後聽到雨聲，知道春光將暮，五更的寒冷，心頭的淒涼，格外使人無法忍受。下片說不要去倚欄眺望，隔着無數的江山不可能再看到自己的故國。回想亡國以前的生活，和現在比起來，真有天上人間的差別！

再談李煜的一首《清平樂》：

別來春半，觸目愁腸斷。砌下落梅如雪亂，拂了一身還滿。　雁來音信無憑，路遙歸夢難成。離恨恰如春草，更行更遠還生。

這是一首寫離情的詞。「砌下落梅」兩句是寫景，實際是「觸目」的一個鏡頭。通過這兩句，一方面點明「春半」的景色，一方面寫出「愁腸斷」。這首詞不着力寫愁，只說落梅「拂了一身還滿」，可見他獨立在花下很久很久，透露了傷春傷別的情緒。

下片「雁來」兩句，一方面說，不但家鄉音信全無，而且連夢魂也難得歸去。原來離別不能相見，音信是個慰藉，音信全無，那只有把希望寄託於夢中；現在連歸夢都不能成，這就引出下面「離恨恰如春草，更行更遠還生」二句來。春草遍地都是，用它形容愁恨之多。行人到了哪裏，哪裏有春草，好像離愁也跟到哪裏，是說無法排遣愁恨，觸目春光，都是愁緒。

李煜後半生所作的這些詞，是以前文人詞從來不曾有過的作品，這不僅是李煜個人作品的大轉變，也是晚唐五代整個文人詞的大轉變。

晚唐五代詞抒情的傾向越到後來越是顯著，這決定於文學演進的趨勢，也決定於作者的實際生活。李煜晚年的生活經歷是溫庭筠、韋莊等人所沒有的，所以他的作品能超過他們。民間詞自晚唐轉入文人手中之後，一二百年以來，逐漸向麗詞雕琢方向發展，幾乎走向末路。把它救拔出來，以詞作為抒情的工具，帶它重新走上抒情的道路並提高詞的地位的，在韋莊以後，李煜的功績可算是最大。

在這裏我們還要注意一點：李煜詞的風格，和唐詩，尤其是和絕句有相當密切的關係。他的詞風和唐人絕句風格有很近似的兩點：

1、聲調諧婉不作拗體。

2、詞意明暢不作隱晦語。

他後期的詞是為抒情而作，都用明暢的語言寫自己的真實感受。這些諧婉明暢、近於唐人絕句的小令可以充份表達他那種生活心情，如：「問君能有幾多愁？恰似一江春水向東流。」「流水落花春去也，天上人間。」「剪不斷，理還亂，是離愁。別是一般滋味在心頭。」都是如此。

總之，李煜詞改革花間派塗飾、雕琢的流弊，用清麗的語言、白描的手法和高度的藝術概括力，抓住自己生活感受中最深刻的方面，動人地把情感表達出來，給人深刻的藝術感受。他的詞擺脱了花間派的窠臼，創造了他自己的獨特風格。他不僅為當時的詞打開了新的境界，而且對詞的發展起了很大的推動作用。

李煜是南唐的國君，他在亡國後寫的一些詞篇，抒發對故國的懷念和對皇帝生活的追戀。從主觀方面看，他的思想感情自然和人民的思想感情有距離。但從客觀藝術效果方面看，他把懷念故國之思，通過動人的抒情詞句表達出來，能夠強烈地感染讀者，引起讀者的共鳴。

馮延巳和歐陽修

晚唐五代，詞在長江流域繁盛起來。馮延巳與韋莊分據吳蜀詞壇，形成兩大詞系。

馮延巳是南唐中主（李璟）的宰相。陸游《南唐書》載：「元宗（即中主李璟）嘗因曲宴內殿，從容謂曰：『吹皺一池春水，何干卿事？』延巳對曰：『安得如陛下小樓吹徹玉笙寒之句？』」他們君臣在飲宴之際，各舉對方詞句為談笑資料，由此可見南唐詞風之盛。

陳世修序馮延巳《陽春集》：「公以金陵盛時，內外無事，朋僚親舊，或當燕集，多運藻思，為樂府新詞，俾歌者倚絲竹而歌之，所以娛賓而遣興也。」以樂府新詞為娛賓遣興之用，此種風氣一直影響北宋的詞壇。北宋初期作家晏殊父子與歐陽修的詞，與馮延巳相近似。劉攽《貢父詩話》稱：「元獻（晏殊）尤喜馮延巳歌詞，其所自作，亦不減延巳樂府。」劉熙載《藝概》稱：「馮延巳詞，晏同叔（晏殊字）得其俊，歐陽永叔（歐陽修字）得其深。」可見北宋詞風，實承南唐遺緒。這裏舉馮延巳、歐陽修兩家的詞來談談。

馮延巳有一首名作《謁金門》：

> 楊柳陌，寶馬嘶空無跡。新著荷衣人未識，年年江海客。 夢覺巫山春色，醉眼飛花狼藉。起舞不辭無氣力，愛君吹玉笛。

這是一首寫愛情的詞，但是言外之意，可能別有寄託，不單是寫相思之情。

上片四句，描寫一個「江海客」的形象，層層深入：首先點出地點是「楊柳陌」，楊柳是青春的象徵；次句寫那人騎的是一匹用寶物裝飾起來的奔馳如飛的馬，是一匹聽見嘶叫聲早已跑得無影無蹤的

駿馬。這些都為了寫那個英俊的人物。「荷衣」句寫那少年被服香淨，但大家對他都很陌生。「年年江海客」是想像、估計之辭：他大概是一位年年客遊、倜儻風流的人物。這首詞的上片只是短短的四句廿一個字，就勾畫出一位美少年的形象，在我們面前閃躍而過，給人留下一個鮮明的印象。

下片是寫一個見到這位美少年的女子對他的懷念之情。由於這個人物給那女子留下深刻的印象，使她夢寐不忘。詞裏寫由相見到入夢，兩片之間，作者用跳躍之筆，省略了許多話。下片頭兩句是泛寫夢境：由於她沉醉於那個所見的美少年，六神無主，所以感到眼前景物好像「飛花狼藉」。「起舞不辭無氣力」兩句，極寫她對他的愛慕，造句十分雅健。這兩句可能是寄託「士為知己者死」的意思，是士大夫階層的思想感情。詞到南唐一班文人手中，就多多少少表現一些士大夫的思想感情，這就超出於花間詞的豔科綺語。馮延巳這首詞正是一個例子。他的《陽春集》裏，這類句子還不少，如《鵲踏枝》「公子歡筵猶未足，斜陽不用相催促」，《菩薩蠻》「和淚試嚴妝，落梅飛曉霜」等。這些詞外表雖然都還是寫男女情愛，卻另有寓意。馮煦謂馮延巳「俯仰身世，所懷萬端，繆悠其辭，若顯若晦」（《陽春集》序），就是說延巳詞頗多「旨隱詞微」之作。

以下談談歐陽修的一首《蝶戀花》：

庭院深深深幾許？楊柳堆煙，簾幕無重數。玉勒雕鞍遊冶處，樓高不見章臺路。

雨橫風斜三月暮，門掩黃昏，無計留春住。淚眼問花花不語，亂紅飛過鞦韆去。

這首詞描寫一個貴族少婦深閨獨守的苦悶心情。

開頭三句，寫這少婦的生活環境：庭院深深，深到甚麼程度呢？庭院裏外有無重數的簾幕，簾幕外面又有楊柳，早晚時候楊柳上又堆着迷閇的煙霧。「楊柳」兩句就是形容「深深深」三個字。這女子被禁錮在這樣一個和外面隔絕的家庭裏，雖然是一個華貴的家庭，但是一個寂寞不自由的牢籠。「玉勒」兩句寫她的丈夫終日在外遊蕩，出入於歌樓妓館之中（「玉勒雕鞍」是玉做成的馬銜和雕繪的馬鞍）。她家裏雖然有高樓，可是望不見丈夫遊冶的地方（章臺是漢代長安街名，多妓居。後代借它指妓院所在地）。

上片描寫這少婦的生活處境，下片敍述她的心情：首三句寫暮春景象，黃昏時候風雨交加（「横」是「強横」的「横」，讀去聲），由於春不能留，引起人的青春遲暮的感慨。末了兩句有幾層意思：含着眼淚問花知不知道人的心情，這是她無可告訴的怨恨，是第一層；花不能語，是說不但人不能了解她，也得不到花的同情，是第二層；「亂紅飛」，花自己也被風雨摧殘了，是第三層；花偏偏又被風吹過鞦韆去了，而鞦韆卻是她和丈夫舊時嬉戲之處，更使她觸景傷情，不堪回首，是第四層了。這首詞雖然表面是寫一個女子的苦悶，但它的寓意不限於此。從屈原《離騷》以來，就以美人香草寄託君臣，後代士大夫以男女寄託君臣的詩歌，指不勝屈。歐陽修這首詞也是屬於這一類。

這首詞見於歐陽修的詞集，又見於馮延巳的《陽春集》。馮在南唐的處境和政治心情與歐陽修相似，他們是社會上同一階層的人物，所以作品的思想內容便難分彼此，而風格亦復近似。他們以士大夫胸襟學問入詞，雖寫男女愛情，而能以詩人嫺雅語言出之，這就和《花間集》有了區別。

范仲淹的邊塞詞

晚唐五代及北宋初年的詞，內容大都是寫兒女之情的。雖然士大夫偶有寄託感懷之作，但總還不能脫離花間窠臼。而當時范仲淹的作品，卻能突破這個局限。他雖然不是一位寫詞的專家，作品也只存五六首，但是它的意境廣闊，具有大家氣象。他開始以唐人邊塞詩入詞，使詞從溫（庭筠）、馮（延巳）的宮廷豪門，柳永的都會市場而擴大到邊塞的廣闊天地。文人詞中反映封建時代人民被奴役的痛苦，具有很強的現實主義精神的，也始見於范仲淹的作品。他的代表作就是這首描寫邊塞軍中生活的《漁家傲》：

塞下秋來風景異，衡陽雁去無留意。四面邊聲連角起。千嶂裏，長煙落日孤城閉。　濁酒一杯家萬里，燕然未勒歸無計。羌管悠悠霜滿地。人不寐，將軍白髮征夫淚。

北宋仁宗寶元、慶曆年間（一零三八——一零四三），據有現在的內蒙古自治區和甘肅一部份地區的少數民族——西夏的元昊叛宋，宋朝命范仲淹和韓琦出師抵抗，戰事連續了五六年。這首《漁家傲》是范仲淹在西北軍中的感懷之作。

北宋詞壇出現這樣感情深厚、氣概闊大的小令，是五代以來婉約柔靡的詞風轉變的開端，是蘇軾、辛棄疾豪放詞的先驅。在他以前寫邊塞詞的，《敦煌曲子詞》裏有《望江南》、《龍沙塞》、《邊塞苦》等，都是唐代的民間作品；唐代文人詞裏也偶有這類作品，如韋應

物、戴叔倫的《調笑令》「胡馬胡馬」、「邊草邊草」等就是。范仲淹這首詞出於作者真實生活的體驗，尤其難能可貴，可以説它是唐宋以來邊塞詞中最突出的一首。

這首詞上半首寫邊塞荒涼景況，首句用一「異」字領起全首，説邊地景況不同於內地，為下半首思歸情感作伏筆。次句只説「雁去無留意」，實是極言人無留意。後三句十七字，疊用許多名詞「角」、「嶂」、「長煙」、「落日」、「孤城」，而只用「連」、「起」、「閉」三個動詞作開合起伏，造句精勁，聲調也很高亮，寫出邊塞黃昏一片荒涼的景象。

下半首開頭：「家萬里」，見歸心之切。「濁酒」既不能解愁，破敵之功未成，要歸又不可能，兩句就有三層意思。「羌管悠悠」句，用聲色作點染，使上下文寫情的句子更加濃摯。「人不寐」句，先用一個「人」字包括人我兩方面，就是將軍（我）和征夫（人）兩方面，到末句「將軍白髮征夫淚」七個字才分開來説明，中間着「不寐」兩字，使上句的聲色和下句的情感緊湊地聯繫起來。「羌管悠悠」，在不寐中才聽得到。清霜滿地，在不眠時才見得到。「將軍白髮」用唐裴度「霜鬢為論兵」詩意。「征夫淚」，由於橫被驅役的苦痛。以上都是不寐的心事。這裏的「羌管」、「霜」，是運用情景交融的手法，以景托情，寫情才更深刻。

據宋魏泰《東軒筆錄》載：「范希文（仲淹字）守邊日，作《漁家傲》數首，皆以『塞下秋來風景異』為起句，述鎮邊之苦，歐陽公呼為『窮塞主詞』。」

范仲淹所處的時代，正當北宋與西夏的民族矛盾日趨尖銳。他的《漁家傲》詞，反映了將士的邊塞生活與苦悶心情，這和他要求政治改革的不能實現，北宋王朝的不自振作，因而長期受到北方少數民族的欺凌有關。從詞史角度看，他的《漁家傲》下開蘇軾、辛棄疾豪放派的詞風。當時的達官貴人如歐陽修也是詞家，但他的詞的題材局限在兒女相思的狹隘生活圈子裏，所以他看不慣范仲淹的反映邊塞生活的《漁家傲》，譏笑它是「窮塞主詞」。

蘇軾最早的一首豪放詞《江城子・密州出獵》

豪放派詞，自北宋的范仲淹開其風，蘇軾繼之予以發揚光大。晁補之謂蘇軾詞「橫放傑出，自是曲子內縛不住者」。「縛不住」三字，是指蘇軾詞從「曲子」（詞的別稱）內解放出來的意思。蘇軾以「靈氣仙才」（樓敬思語），開徑獨往，他敢於借用詞——這種出自教坊里巷的文學形式，來抒寫自己的性情抱負、胸襟學問。在他手中，凡是可以入詩的，都可以入詞。所以陳師道說他「以詩為詞」。自蘇詞出，創立了豪放派的詞風，擴大了詞的題材，對詞境起了開疆拓土的作用，從而提高了詞這種文學形式為社會服務的功能。

現在談談蘇軾最早的一首豪放詞《江城子・密州出獵》：

老夫聊發少年狂，左牽黃，右擎蒼。錦帽貂裘，千騎卷平崗。為報傾城隨太守，親射虎，看孫郎。

酒酣胸膽尚開張，鬢微霜，又何妨！持節雲中，何日遣馮唐？會挽雕弓如滿月，西北望，射天狼。

這是蘇軾四十歲（熙寧八年）在密州作的一首記射獵的詞。蘇軾寫射獵的詩詞不只是這一首，與此同時，他寫了《祭常山回小獵》及《和梅戶曹會獵鐵溝》兩首詩。此外，他集裏還有《人日獵城南，十人……》、《司竹監燒葦園……以其徒會獵園下》、《將官雷勝得「過」字，代作》等詩。

這首詞風格豪放。上片「老夫聊發少年狂，左牽黃，右擎蒼」三句，是說自己有少年人的豪情，左手牽着黃狗，右臂舉着蒼鷹去打獵（《梁書．張充傳》：充少時出獵，左手臂鷹，右手牽狗）。「錦帽」兩句，寫出打獵的陣容（「錦帽」是錦蒙帽。「貂裘」是貂鼠裘）。「為報傾城隨太守，親射虎，看孫郎。」是以孫權自比，說全城人都跟着去看他射虎。「孫郎」指孫權。孫權曾自射虎，馬被虎傷，權用雙戟擲過去，虎為倒退。見《三國志》。

下片都寫自己的雄心壯志。「酒酣胸膽尚開張，鬢微霜，又何妨！」三句說自己雖然已經有了白髮，但是尚有豪放開朗的心胸。「持節雲中，何日遣馮唐」，是用《漢書．馮唐傳》的故事。漢文帝時，雲中太守魏尚獲罪被削職，馮唐諫文帝不應該為了小過失罷免魏尚，文帝就派他持節去赦魏尚。蘇軾是以魏尚自比，希望朝廷把邊事委託他。末了「會挽雕弓如滿月，西北望，射天狼」，是說為了抵抗西北的敵人，他要去參加戰鬥，把弓拉得如圓月一樣。

與此詞同時，蘇軾寫過一首《祭常山回小獵》，詩中云：「聖朝若用西涼簿，白羽猶能效一揮。」一也說自己猶能揮白羽扇退敵（「西涼簿」，用西涼州主簿謝艾事，艾本書生，善用兵，故以此自比。見查慎行注蘇詩引《烏台詩案》）。還有一首《和梅戶曹會獵鐵溝》詩，開頭兩句說：「山西從古說三明，誰信儒冠也捍城。」（「三明」用《後漢書．段熲傳》：熲字紀明，初與皇甫威明、張然明並知名顯達。京師稱為「涼州三明」。）都是表示自己雖然是一個書生，也要為國戍邊抗敵。

這首詞一洗綺羅香澤之態，突破了晚唐以來兒女情詞的局限。詞中不但描寫了打獵時的壯闊場景，同時也表現了他要為國殺敵的雄心壯志。

蘇軾有《與鮮于子駿簡》云：「近卻頗作小詞，雖無柳七郎風味，亦自是一家。呵呵！數日前，獵於郊外，所獲頗多。作得一闋，令東州壯士抵掌頓足而歌之，吹笛擊鼓以為節，頗壯觀也。」一可見這首《江城子》可能是他第一次作豪放詞的嘗試。查朱孝臧先生的蘇詞編年，此詞之前果然不曾見豪放之作。他的豪放詞代表作如《念奴嬌》、《水調歌頭》諸詞，皆作於這首《江城子》之後。於此，我認為這首詞可以說是蘇軾最早的一首豪放詞。從宋詞的發展看來，在范仲淹那首《漁家傲》之後，蘇軾這詞是豪放詞派中一首很值得重視的作品。

蘇軾的悼亡詞

蘇軾的《江城子．乙卯正月二十日夜記夢》是他夢亡妻的詞。「乙卯」是宋神宗熙寧八年，蘇軾這時四十歲，在山東密州做太守。他的妻子王弗，在宋英宗治平二年死於開封，至此首尾十一年（見《蘇東坡集．亡妻墓誌銘》）。全詞是：

十年生死兩茫茫，不思量，自難忘。千里孤墳，無處話淒涼。縱使相逢應不識，塵滿面，鬢如霜。　夜來幽夢忽還鄉，小軒窗，正梳妝。相顧無言，惟有淚千行。料得年年腸斷處，明月夜，短松崗。

第一句「十年生死兩茫茫」是合生者、死者兩邊說的，自從妻子死後，十年來，活着的人和死去的人兩無消息。「不思量」以下四句，是生者想念死者。這看去是很平淡的六個字，實是蘊含着深摯的感情，這確實是經久不忘的夫婦感情。如果說天天在思量，反而不真實了。王氏歸葬於他們的故鄉四川眉山（也見《亡妻墓誌銘》），所以下面說「千里孤墳，無處話淒涼」，妻子的墳遠在千里之外，連到墳上訴說自己淒涼的心境也不可能。「縱使相逢」以下三句，又合生者、死者兩邊說：生前相聚，既不可能；那麼今後的「相逢」更是空想。「塵滿面，鬢如霜」二句，想到自己仕途奔波，風塵僕僕，頭髮白了，人也老了，縱使夫妻有重逢之日，怕她也不認識自己了。這樣左思右想，三四層意思折疊下來，逼出一個夢來。

上片寫致夢的原因，下片直接寫夢。「夜來幽夢忽還鄉」以下四句寫夢境很真實，既清楚，又帶些朦朧。結尾，「料得年年腸斷處」三句，是寫夢醒後思索之情，是生者為死者設想之辭，為夢中原來不了解的「相顧無言，惟有淚千行」兩句作解釋。夢醒後想：她為甚麼傷心落淚呢？想必是在那故鄉的短松崗上，孤墳一座，月明之夜，倍感淒涼吧？那就是她年年腸斷的地方，那就是她「相顧無言，惟有淚千行」的原因吧？這裏也和「千里孤墳」兩句相呼應。整首結構相當嚴密，上片八句寫夢前，下片前五句是夢中，末了三句是夢後。

這首詞用白描的手法，語言自然，不加雕琢。「縱使相逢應不識」三句最沉痛，這裏既有對死去的妻子的懷念，也有對自己身世遭遇的感慨。蘇軾有與其弟子由詩：「猶勝相逢不相識，形容變盡語音存。」就是翻用這個意思。

《江城子》這個調，全首用平聲韻；而三、四、五、七言的句子錯綜地間用、迭用，音韻諧協而又起伏不平；宜於寫平和而又複雜的情感。蘇軾選用這個調子寫悼亡之作，能夠表達舊體詩所難以表達的感情。但是也不能一概而論，上面一首蘇軾的《密州出獵》詞，也用《江城子》這個調，而所表達的情感完全不同。同一調子可以表達不同的聲情，問題在於作者如何運用而已。

晚唐、北宋人的詞，幾乎篇篇寫婦女，而且多半以謔浪遊戲筆墨出之。真正把婦女作為一個平等的人來看待，尊重她，並且寫出她的品格，這樣的詞並不多見。蘇軾的《賀新郎》「乳燕飛華屋」一首，寫出女子高品，「頗欲與少陵（杜甫）《佳人》一篇互證」（譚獻語）。而這篇《江城子》悼亡詞，寫夫婦真摯愛情，也可與杜甫的「今夜鄜州月」五律詩媲美。

蘇軾的中秋詞《水調歌頭》

蘇軾的《水調歌頭》，是中秋詞中最著名的一首，向來膾炙人口。胡仔《苕溪漁隱叢話》說：「中秋詞自東坡《水調歌頭》一出，餘詞盡廢。」《水滸傳》「血濺鴛鴦樓」一回中，也曾寫到八月十五妓女唱這首詞，可見當時傳唱之盛。歷代選蘇軾詞的也總選到這一首。

這詞作於丙辰（宋神宗熙寧九年，即一零七六年）中秋，蘇軾四十一歲，時為密州（現在的山東諸城）太守。題說「兼懷子由」，當時蘇軾與其弟子由已經六七年不見了。全詞是：

明月幾時有？把酒問青天。不知天上宮闕，今夕是何年？我欲乘風歸去，又恐瓊樓玉宇，高處不勝寒。起舞弄清影，何似在人間？　轉朱閣，低綺户，照無眠。不應有恨，何事長向別時圓？人有悲歡離合，月有陰晴圓缺，此事古難全。但願人長久，千里共嬋娟！

這首詞所表現的思想感情，本來甚為明顯，蘇軾因政治處境的失意，以及和其弟蘇轍的別離，中秋對月，不無抑鬱惆悵之感。但是他沒有陷在消極悲觀的情緒中，旋即以超然達觀的思想排除憂患，終於表現出對人間生活的熱愛的矛盾過程。而前人卻多妄解，說神宗讀到「瓊樓玉宇」兩句，嘆云「蘇軾終是愛君」，即量移汝州。此說與事實不符。蘇軾移汝州在黃州之後，怎能說因這詞而「量移汝州」？

詞的上片主要抒發自己對政治的感慨。開頭「明月幾時有？把酒問青天」兩句，是從李白《把酒問月》詩：「青天有月來幾時？我今停杯一問之」兩句脫化而來。同時點明飲酒賞月。接下說「不知天上宮闕，今夕是何年？」表面上好像是讚美月夜，也有當今朝廷上情況不知怎樣的含意。《詩經》中「今夕何夕，見此良人！」並非問今天是甚麼日子，而是讚美的語氣：「今天是多麼好的日子呵！」下面「我欲乘風歸去」三句，表面是說「我本來是神仙境界中來的，現在想隨風回到天上神仙住的『瓊樓玉宇』中去，但是又怕經受不住天上的寒冷」。這幾句也是指政治遭遇而言，想回到朝廷中去，但是又怕黨爭激烈，難以容身。末了「起舞弄清影，何似在人間」兩句是說，既然天上回不去，還不如在人間好，這裏所謂「人間」，即指做地方官而言，只要奮發有為，做地方官同樣可以為國家出力。這樣想通了，他仰望明月，不禁婆娑起舞，表現出積極的樂觀的情緒。

詞的上片敍述了他的身世之感和思想矛盾，下片抒發對兄弟的懷念之情。蘇軾和蘇轍，手足之情甚篤。據蘇轍《超然臺記敍》說：「子瞻（蘇軾字）通守餘杭，三年不得代。以轍之在濟南也，求為東州守。既得請高密，五月乃有移知密州之命。」蘇軾拋掉湖山秀麗的杭州，由南而北，原為兄弟之情。但到密州之後，仍不能與弟轍時常晤對。對弟弟的思念，構成這首詞下片的抒情文字。

下片開頭「轉朱閣，低綺戶，照無眠」三句，「轉朱閣」，謂月光普照華美的樓閣。「低綺戶」，謂月光低低地照進雕刻紋彩的門窗裏去。「照無眠」，謂月光照着有離愁別恨的人，使其不得安眠。「朱閣」、「綺戶」，與上片「瓊樓玉宇」對照，既寫月光，也寫月下的人。這樣就自然過渡到個人思弟之情的另一個主題上去。「不應有恨」兩句，是用反詰的語氣、埋怨的口吻向月亮發問。「不應有恨」而恨在其中，正是「道是無情卻有情」的意思。下面「人有悲歡離合，月有陰晴圓缺，此事古難全」三句，轉為安慰的語氣；既然月有圓缺，人有離合，自古皆然，那是沒有甚麼可悲傷的了。唯願兄弟倆彼此珍重，在遠別情況中共賞中秋美好的月色。「嬋娟」，月色美好貌。此句從謝莊《月賦》「隔千里兮共明月」句蛻變而來。理解到遠別的人可以「千里共嬋娟」，也就能做到「不應有恨」了。以美好境界結束全詞，與上片結尾「起舞弄清影，何似在人間」一樣，是積極樂觀的。一方面是對兄弟不能團聚的安慰，同時也是對自己政治遭遇的安慰。

這首詞的上、下片都帶有人生哲學的意味，如上片結語「起舞弄清影，何似在人間」，這與陶潛《桃花源詩》所說「凡聖無異居，清濁共此世。心閒偶自見，念起忽已逝」諸句約略同意。就是說無論在甚麼地方，都有凡境、聖域、清境、濁境。

當心裏沒有欲念的時候，就是在聖域、清境裏；欲念一起，清境、聖域便都不見了。同時這也就是儒家「無入不自得」的思想。有了正確對待事物的思想，那麼無論在哪裏都可以有所作為，心安理得。在這首詞裏說，在人間也可以得到快樂，何必定要到天上去？在外面做地方官同樣可以做一番事業，何必一定要回到朝廷中去呢？下片的「此事古難全」含有這樣的意思：世界上不可能有永遠圓滿的事情，人生有歡聚，也必然有離別，這正是與月亮有圓時也總有缺時一樣，原是自然界的規律。

五代北宋士大夫的詞集中，也有一些包含人生哲學意味的詞，到蘇軾才有了進一步的發展。這首詞雖然包含人生哲學，然而它是通過一個完美的文學意境來表現的。我們首先感覺到的是那中秋之夜美好的月色，體會到的是作者豐富的感情，而不是枯燥的說教。同時，詞裏雖有出世與入世的矛盾，情與理的矛盾，但最後還是以理遣情，不脫離現實，沒有悲觀失望的消極思想，情緒是健康的。同時，這首詞具有強烈的藝術感染力，所以它成為千百年來人們所讚美、所稱賞的名作。

周邦彥的《滿庭芳》

北宋末年的周邦彥是婉約派的大家，他的詞的內容，與溫庭筠、柳永差不多，不過溫庭筠作的是小令，周邦彥把它演展開來，多作長調；他的長調雖從柳永來，但與柳永也不同，他的詞純粹是士大夫風格，很講究辭藻，不像柳永多半用民歌體。他的詞好用前代詩家的辭藻，與賀鑄諸人相近，但也不盡同。賀鑄好用晚唐詩，他自己說：「吾筆端驅使李商隱、溫庭筠常奔命不暇。」而周邦彥則多用盛唐李杜諸家語及六朝人辭賦。他又是一位懂樂律的作家，後人因為他很講究詞的格律，說他是「詞中的杜甫」。因為杜甫曾自稱「晚節漸於詩律細」。這個評語確當與否，我們要拿具體作品來分析。

下面談談他的《滿庭芳．夏日溧水無想山作》一首詞：

風老鶯雛，雨肥梅子，午陰嘉樹清圓。地卑山近，衣潤費爐煙。人靜烏鳶自樂，小橋外、新綠濺濺。憑闌久，黃蘆苦竹，擬泛九江船。　年年，如社燕，飄流翰海，來寄修椽。且莫思身外，長近尊前。憔悴江南倦客，不堪聽、急管繁弦。歌筵畔，先安簟枕，容我醉時眠。

這首詞是周邦彥三十九歲（元祐八年春）知溧水（江蘇省溧水縣）時作的。開頭「風老鶯雛」三句點時令。在春風裏聽到小黃鶯的歌聲漸漸老了，春雨使梅子結得肥肥的，這是初夏的光景。「午陰嘉樹清圓」是寫中午的陽光直射在樹頂上，所以樹陰是圓的，這「圓」很形象，是從劉夢得《晝居池上亭獨吟》「日午樹陰正」那句詩來的，卻比劉的原句好。下面「地卑山近」二句點環境：由於「山近」、「地卑」，衣服經常是潮濕的，要熏乾它很費爐煙。「費」字暗點出在這樣環境中作者的煩悶心情。清代譚獻很欣賞這「衣潤費爐煙」五字，拿它和周邦彥的「流潦妨車轂」諸句並稱，說「可悟詞家消息」。譚獻的話不大容易理解。我們就本詞說：這句以前，只點時令，這句以後，逐漸展開情境，這句是點逗過渡，「費」字是上片的筋節。由於「地卑山近」，衣衫潮濕，不易熏乾，乃喻煩悶心情不易排遣；這和李煜《清平樂》寫離愁：「砌下落梅如雪亂，拂了一身還滿」，正是同一手法。

以上寫視覺、觸覺。接下去「烏鳶自樂」、「新綠濺濺」寫所聞。寫禽鳥之樂，而着一「自」字，是表示「樂者自樂」，用以反襯自己的愁悶。寫「新綠濺濺」，春流活潑，也是反襯自己沉滯的心情。以上各句寫情，還是烘托映帶；至末了「憑闌久，黃蘆苦竹，擬泛九江船」三句乃明顯點出他這時之所以有煩悶心情，是因為溧水縣是小地方，小邑小官使他不能忍耐。白居易《琵琶行》中有「住近湓江地低濕，黃蘆苦竹繞宅生」之句。周邦彥這樣寫，顯然以白居易的貶官九江來自比。

下片首四句以「社燕」自比。燕子春社來，秋社去，所以叫「社燕」。寫社燕，映帶上片的烏鳶。「飄流翰海」兩句說燕子飛過大海來寄住在人家屋檐下，是比喻自己的遭遇：周邦彥廿五歲入都為太學生，廿九歲進《汴都賦》，自諸生一命為太學正。卅二歲教授廬州。來溧水之前幾年大概都在荊州。所以這詞中有宦情如逆旅的感慨。「且莫思身外」至末了幾句，都是寫自己要如何排遣愁悶。第一、二句是用杜詩：「莫思身外無窮事，且盡生前有限杯。」意思是說：還是拋開一切身外之事，痛快地飲酒吧！但是下面「憔悴江南倦客，不堪聽、急管繁弦」兩句又否定了這個打算，說：那酒席上的管弦之聲只更加令我增添煩悶。末了「歌筵畔」三句說只有當我喝醉了酒，安穩地睡覺的時候，才能暫時忘掉憂愁。這裏用三折筆，是極寫無法排遣的苦悶心情。

我們通過這首詞可以大致了解周邦彥的詞風。他的詞思想性不高。他生在北宋末年，那時朝政腐敗，民不聊生，他的《清真詞》中卻無一語反映當時的社會現實。他做過「大晟樂府」（國立音樂機構）的提舉，訂律制曲，創作出許多新詞，對詞的發展起了推動的作用，這是成績的一面；但是另一方面，也起了為北宋末年統治者粉飾承平的作用，所以南宋張侃著《拺詞》，斥周邦彥詞是「亡國哀音」。這首《滿庭芳》詞所反映的，也只是他個人仕途不得意的感慨，情緒是低沉的。但在藝術性方面，他確有相當高的成就。前人的評論，如陳振孫《直齋書錄解題》說：「清真詞多用唐人詩語，檃栝入律，渾然天成；長調尤善鋪敍，富豔精工。」周濟《介存齋論詞雜著》說：「美成思力，獨絕千古，如顏平原書，雖未臻兩晉，而唐初之法，至此大備。」王國維《人間詞話》說：「美成深遠之致，不及歐、秦，惟言情體物，窮極工巧，故不失為第一流之作者。但惟創調之才多，創意之才少耳。」這些評論，雖然還不免有過譽之處，但是周詞的藝術手法有值得我們借鑒的地方，那是無可懷疑的。

李清照的《醉花陰》和《聲聲慢》

李清照的重陽《醉花陰》詞相傳有一個故事：「易安以重陽《醉花陰》詞函致明誠。明誠嘆賞，自愧弗逮，務欲勝之，一切謝客，忘食忘寢者三日夜，得五十闋，雜易安作以示友人陸德夫。德夫玩之再三，曰：『只三句絕佳。』明誠詰之，答曰：『莫道不消魂，簾卷西風，人比黃花瘦。』正易安作也。」（見元伊世珍《瑯嬛記》）這個故事不一定是真實的，但是它說明這首詞最好的是最後三句。現在我們要分析這最後三句，先得看看它的全首：

薄霧濃雲愁永晝，瑞腦消金獸。佳節又重陽，玉枕紗廚，半夜涼初透。
東籬把酒黃昏後，有暗香盈袖。莫道不消魂，簾卷西風，人比黃花瘦。

詞的開頭，描寫一系列美好的景物，美好的環境。「薄霧濃雲」是比喻香爐出來的香煙。可是香霧迷悶反而使人發愁，覺得白天的時間是那樣長。這裏已經點出她雖然處在舒適的環境中，但是心中仍有愁悶。「佳節又重陽」三句，點出時間是涼爽的秋夜。「紗廚」是室內的精緻裝置，在鏤空的木隔斷上糊以碧紗或彩繪。下片開頭兩句寫重陽對酒賞菊。「東籬」用陶淵明「採菊東籬下」詩意。「人比黃花瘦」的「黃花」指菊花。《禮記．月令》：「鞠（菊）有黃花。」「有暗香盈袖」也是指菊花。從開頭到此，都是寫好環境、好光景：有金獸焚香，有「玉枕紗廚」，並且對酒賞花，這正是他們青

春夫妻在重陽佳節共度的好環境。然而現在夫妻離別，因而這佳節美景反而勾引起人的離愁別恨。全首詞只是寫美好環境中的愁悶心情，突出這些美好的景物的描寫，目的是加強刻畫她的離愁。

在末了三句裏，「人比黃花瘦」一句是警句。「瘦」字並且是詞眼。詞眼猶人之眼目，它是全詞精神集中表現的地方。清照和趙明誠結婚以後，夫妻感情甚篤。他們一起研究文藝學、金石學，生活美滿。婚後不久，明誠離家遠遊，清照不忍相別。這首詞沒有明寫相思，而以深婉含蓄筆墨出之。詞一開頭「薄霧濃雲愁永晝」的「愁」字，就已點出離愁。由於愛人不在身邊，她白天是焚香悶坐，黃昏後把酒對菊，獨自一個，更添惆悵，更覺魂銷。最後用「人比黃花瘦」結束全篇，「瘦」字和首句的「愁」字相呼應。因為有刻骨的離愁，所以衣帶漸寬，腰肢瘦損。「人比黃花瘦」五字，以生動的形象來表達感情，而「為伊消得人憔悴」之含意，自在其中。

在詩詞中，作為警句，一般是不輕易拿出來的。這句「人比黃花瘦」之所以能給人深刻的印象，除了它本身運用比喻，描寫出鮮明的人物形象之外，句子安排得妥當，也是其原因之一。她在這個結句的前面，先用一句「莫道不消魂」帶動宕語氣的句子作引，再加一句寫動態的「簾卷西風」，這以後，才拿出「人比黃花瘦」警句來。人物到最後才出現。這警句不是獨立的，三句聯成一氣，前面兩句環繞後面一句，起到綠葉紅花的作用。經過作者的精心安排，好像電影中的一個特寫鏡頭，形象性很強。這首詞末了一個「瘦」字，歸結全首詞的情意，上面種種景物描寫，都是為了表達這點精神，因而它確實稱得上是「詞眼」。以煉字來說，李清照另有《如夢令》「綠肥紅瘦」之句，為人所傳誦。這裏她說的「人比黃花瘦」一句，也是前人未曾說過的，有它突出的創造性。

另一首《聲聲慢》，是李清照詞中特別講究聲調的一首名作。全詞是：

尋尋覓覓，冷冷清清，悽悽慘慘戚戚。乍暖還寒時候，最難將息。三杯兩盞淡酒，怎敵他晚來風急！雁過也，正傷心，卻是舊時相識。　滿地黃花堆積，憔悴損，如今有誰堪摘？守着窗兒，獨自怎生得黑！梧桐更兼細雨，到黃昏、點點滴滴。這次第，怎一個愁字了得！

這是李清照晚年的作品。宋室南渡之際，李清照倉皇南逃。在動亂中，她的丈夫趙明誠死了，她一個人在浙東各地，飽經顛沛流離的生活。她的暮年痛苦絕望的心情，在這首詞中充份抒發出來。以下我們試就聲調方面談談這首詞的特色。

這首詞用了許多雙聲疊韻字。一開頭就用連串的疊字，是為加強刻畫她的百無聊賴的心情，從前人認為這是了不起的創造。尤其是末了幾句，「梧桐更兼細雨，到黃昏、點點滴滴。這次第，怎一個愁字了得」！二十多個字裏，舌音、齒音交相重疊，是有意以這種聲調來表達她心中的憂鬱和悵惘。這些句子不但讀起來明白如話，聽起來也有明顯的音樂美，充份體現出詞這種配樂文學的特色。因為詞原來是唱的，要使人容易聽得懂。劉體仁說這首詞是「本色當行」，就是指它明白易懂而言。這首詞借雙聲疊韻字來增強表達感情的效果，是從前詞家不大用過的藝術手法。

李清照是一個有高度文化修養的女作家，有真摯豐富的生活感情，又有她自己獨特的見解，因此她確實當得起婉約詞派傑出作家的稱號。她這首《聲聲慢》詞以細膩而又奇橫的筆墨，用雙聲疊韻嚙齒叮嚀的音調，來寫她心中真摯深刻的感情，這是從歐（陽修）、秦（觀）諸大家以來所不曾見過的一首突出的代表作。

李清照的豪放詞《漁家傲》

《花間集》裏兩位大作家溫庭筠和韋莊，他們的風格是不同的：溫密麗而韋疏宕。這兩種風格就是後來婉約派與豪放派的苗頭。如周邦彥等是婉約派，辛棄疾等是豪放派。但是這兩派作家作品風格往往是不能截然分開的。豪放派作家像辛棄疾有許多婉約的作品，婉約派作家也有豪放的作品。現在舉李清照來談談。

李清照是一位可以代表婉約派的女作家，她的《聲聲慢》、《醉花陰》等是大家熟悉的名作。這些詞多半寫閨情幽怨，它的風格是含蓄、委婉的。但是在她的詞作中也有一首風格特殊的《漁家傲》。這是一首豪放的詞，她用《離騷》、《遠遊》的感情來寫小令，不但是五代詞中所沒有的，就是北宋詞中也很少見。一位婉約派的女詞人，而能寫出這樣有氣魄的作品，確實值得我們注意。

天接雲濤連曉霧，星河欲轉千帆舞。彷彿夢魂歸帝所，聞天語，殷勤問我歸何處。　　我報路長嗟日暮，學詩謾有驚人句。九萬里風鵬正舉，風休住，蓬舟吹取三山去！

整首詞都是描寫夢境。開頭兩句寫拂曉時候海上的景象。在李清照以前還沒有人在詞裏描寫過大海。「天接雲濤」兩句用「接」、「轉」、「舞」三個動詞，來寫海天動盪的境界。「星河欲轉」，點出時間已近拂曉。「千帆舞」寫大風，這不是江河中的景象。可能是因為李清照是山東人，對海的見聞比較多，所以寫得出這樣的境界。上片第三句「彷彿夢魂歸帝所」，意思是說：我原來就是天帝那兒來的人，現在又回到了天帝處所。這和蘇軾《水調歌頭》中秋詞：「我欲乘風歸去」之「歸」字意義相同。「歸何處」句，着「殷勤」二字，寫出天帝的好意，引起下片換頭「我報路長嗟日暮」二句的感慨。《離騷》：「欲少留此靈瑣兮，日忽忽其將暮。……路曼曼其修遠兮，吾將上下而求索。」這就是李清照「路長日暮」句的出處。這句子的意思是說人世間不自由，尤其是封建時代的婦女，縱使學詩有驚人之句（「謾有」是「空有」的意思），也依然是「路長日暮」，找不到她理想的境界。末了幾句說，看大鵬已經高翔於九萬里風之上；大風呵，不住地吹吧，把我的帆船吹送到蓬萊三島去吧（「九萬里風」句用《莊子．逍遙遊》，說大鵬「搏扶搖而上者九萬里」，扶搖，旋風；九是虛數）！

李清照是婉約派的女作家，何以能寫出這樣豪放的作品來呢？我們知道，在封建社會中，女子生活於種種束縛之下，即使像李清照那樣有高度修養和才華的女作

家也不能擺脫這種命運，這無疑會使她感到煩悶和窒息。她作了兩首《臨江仙》詞，都用歐陽修的成語「庭院深深深幾許」作為起句，這很可能是借它表達她的煩悶的心情。她要求解脫，要求有廣闊的精神境界。這首詞中就充份表示她對自由的渴望，對光明的追求。但

這種願望在她生活的時代的現實生活中是不可能實現的，因此她只有把它寄託於夢中虛無縹緲的神仙境界，在這境界中尋求出路。然而在那個時代，一個女子而能不安於社會給她安排的命運，大膽地提出衝破束縛、嚮往自由的要求，確實是很難得的。在歷史上，在封建社會的婦女群中是很少見的。

這首風格豪放的詞，意境闊大，想像豐富，確實是一首浪漫主義的好作品。出之於一位婉約派作家之手，那就是更其突出了。其所以有此成就，無疑是決定於作者的實際生活遭遇和她那種渴求沖決這種生活的思想感情；這絕不是沒有真實生活感情而故作豪語的人所能寫得出的。

陸游的《卜算子・詠梅》

驛外斷橋邊，寂寞開無主。已是黃昏獨自愁，更著風和雨。　無意苦爭春，一任群芳妒。零落成泥碾作塵，只有香如故。

這是陸游一首詠梅的詞，其實也是陸游自己的詠懷之作。上片寫梅花的遭遇：它植根的地方，是荒涼的驛亭外面，斷橋旁邊。驛亭是古代傳遞公文的人和行旅中途歇息的處所。加上黃昏時候的風風雨雨，這環境被渲染得多麼冷落淒涼，寫梅花的遭遇，也是作者自寫被排擠的政治遭遇。

下片寫梅花的品格：一任百花嫉妒，我卻無意與它們爭春鬥豔。即使凋零飄落，成泥成塵，我依舊保持着清香。末兩句即是《離騷》「不吾知其亦已兮，苟余情其信芳」，「雖體解吾猶未變兮，豈余心之可懲」的精神。比王安石詠杏「縱被東風吹作雪，絕勝南陌碾成塵」之句用意更深沉。

陸游一生的政治生涯：早年參加考試被薦送第一，為秦檜所嫉；孝宗時又為龍大淵、曾覿一群小人所排擠；在四川王炎幕府時要經略中原，又見扼於統治集團，不得遂其志；晚年贊成韓侂冑北伐，韓侂冑失敗後又被誣陷。我們讀他這首詞，聯繫他的政治遭遇，可以看出它是他的身世的縮影。詞中所寫的梅花是他高潔的品格的化身。

唐宋文人尊重梅花的品格，與六朝文人不同。但是像林和靖所寫的「暗香、疏影」等名句，都只是高人、隱士的情懷；雖然也有一些作家借梅花自寫品格的，但也只能說：「原沒春風情性，如何共，海棠說。」（南宋蕭泰來《霜天曉角．詠梅》）這只是陸游詞「無意苦爭春，一任群芳妒」的一面。陸游的友人陳亮有四句梅花詩說：「一朵忽先變，百花皆後香。欲傳春信息，不怕雪埋藏。」寫出他自己對政治有先見，不怕打擊，堅持正義的精神，是陳亮自己整個人格的體現。陸游這首詞則是寫失意的英雄志士的兀傲形象。我認為在宋代，這是寫梅花詩詞中最突出的兩首好作品。

陸游的《鵲橋仙》

一竿風月，一蓑煙雨，家在釣臺西住。賣魚生怕近城門，況肯到紅塵深處？潮生理棹，潮平繫纜，潮落浩歌歸去。時人錯把比嚴光，我自是無名漁父。

陸游這首詞雖然是寫漁父，其實是作者自己詠懷之作。他寫漁父的生活與心情，正是寫自己的生活與心情。

首兩句，一竿風月，滿蓑煙雨，是漁父的生活環境。「家在釣臺西住」，是說漁父的心情近似嚴光。嚴光不應漢光武的徵召，獨自披羊裘釣於浙江的富春江上。上片結句說，漁父雖以賣魚為生，但是他遠遠地避開爭利的市場，生怕走近城門。

下片三句寫漁父潮生時出去打魚，潮平時繫纜，潮落時歸家。生活規律和自然規律相適應，無份外之求。不像世俗中人那樣沽名釣譽，利令智昏。最後兩句承上片「釣臺」兩句來，説嚴光還不免有求名之心，這從他披羊裘垂釣上表現出來。宋人有一首詠嚴光的詩説：「一著羊裘便有心，虛名留得到如今。當時若著蓑衣去，煙水茫茫何處尋。」也是説嚴光雖辭光武徵召，但還有名心。陸游因此覺得：「無名」的「漁父」比嚴光還要清高。

這詞上下片的章法相同，每片頭三句都是寫生活，後兩句都是寫心情，但深淺不同。上片結尾説自己心情近似嚴光，下片結尾卻把嚴光也否定了。

文人詞中寫漁父最早、最著名的是張志和的《漁歌子》，後人仿作的很多，李煜諸家都有這類作品。但是文人的漁父詞，有些用自己的思想感情代替勞動人民的思想感情，很不真實。陸游這首詞論思想內容可以説是在張志和諸首之上。很明顯，這詞是諷刺當時那些被名牽利絆的俗人的。我們不可錯會他的作意，簡單地批判它是消極的、逃避現實的作品。

陸游另有一首《鵲橋仙》詞：

華燈縱博，雕鞍馳射，誰記當年豪舉？酒徒一半取封侯，獨去作江邊漁父。　輕舟八尺，低篷三扇，佔斷蘋洲煙雨。鏡湖元自屬閒人，又何必官家賜與！

也是寫漁父的。它上片所寫的大概是他四十八歲那一年在漢中的軍旅生活。而這首詞可能是作者在王炎幕府經略中原事業失望以後，回到山陰故鄉時所作。兩首詞同調、同韻，若是同時之作，那是寫他自己晚年英雄失路的感慨，絕不是張志和《漁歌子》那種恬淡、閒適的隱士心情。讀這首詞時，應該注意他這個創作背景和創作心情。

陸游的《夜遊宮・記夢寄師伯渾》

陸游是南宋的一位大詩人，他的詞數量上雖然比詩少得多，但是有不少感慨國事的作品，風格與辛棄疾相近。他是蘇辛詞派中一位重要的作家。

陸游集裏有許多記夢的詩，這些詩未必真是記夢，大都是詠懷之作。詩裏寫他有時夢到國防邊境：「夜闌臥聽風吹雨，鐵馬冰河入夢來」（《十一月四日風雨大作》）。有時夢見戰場上敵人投降的情形：「三更窮虜送降款，天明積甲如丘陵」（《胡無人》），等等。這些詩都充份表現他的愛國主義精神。因為壯志不酬，只得託之夢寐，所以這些作品又具有濃厚的浪漫色彩。在他的詞裏，也有這類作品，這首《夜遊宮》就是其中之一：

雪曉清笳亂起，夢遊處不知何地。鐵騎無聲望似水。想關河，雁門西，青海際。

睡覺寒燈裏，漏聲斷，月斜窗紙。自許封侯在萬里，有誰知，鬢雖殘，心未死！

這首詞是他寄給朋友師伯渾的，師伯渾也是一位有雄心壯志的作家，陸游曾寫了許多詩寄給他。

這首詞開頭三句，「雪曉清笳亂起」是所聞，「鐵騎無聲望似水」是所見。中間插入「夢遊處不知何地」一句，點出是夢中。把第一與第三原來應該連在一起的兩句拆開安排，這樣做並不是因為押韻的緣故，而是使詞的聲情起頓挫作用。「鐵騎無聲望似水」七個字，寫出了軍容的整齊嚴肅，看去好像一條無聲的河流，形象性很強。下面「想關河，雁門西，青海際」，是回答上面的「夢遊處不知何地」句，是猜想之辭，也是寫夢境。這幾句通過景語，點出他自己念念不忘沙場殺敵的雄心壯志。

下片是寫夢醒後失望的感情。所寫的景象與上片恰成為相反的映襯。「寒燈」、「漏聲」和「月斜窗紙」，都是襯托失望和悵惘。「自許封侯在萬里」一句，語氣振起，而接下來是「鬢雖殘，心未死」兩句，中間插入「有誰知」三個字，也是頓挫作勢，使末二語——人雖然老了，而殺敵雄心依然未死——更顯鬱鬱不平。若去掉這三個字，語意雖也連屬，而究竟要相形減色。

北宋的周邦彥也有一首《夜遊宮》詞，它的下片是：「古屋寒窗底，聽幾片井桐飛墜。不戀單衾再三起。有誰知，為蕭娘，書一紙。」末三句也用「有誰知」三個字。陸游這首詞可能是受周邦彥的影響，因為周詞是當時一首傳誦的名作。但周詞只是寫兒女戀情，而陸游拿它表達愛國思想，字面形式雖同，而內容的思想性大大提高了。並且由於內容不同，在陸游詞中的「有誰知」三個字，份量也就不同了。這可以說明文字的形式和內容的關係，也可以說明大作家是怎樣善於學習前人的遺作，並從而發展它，提高它。

辛棄疾的《水龍吟·登建康賞心亭》

《水龍吟·登建康賞心亭》是我國文學史上的著名詞篇。作者辛棄疾是我國南宋傑出的愛國詞人。辛棄疾，字幼安，號稼軒，紹興十年（一一四零）出生於山東濟南歷城縣。他的幼年和青年時代，都是在女真族奴隸主貴族金政權的統治下度過的。殘酷的民族壓迫，勞動人民的英勇抗戰，歷代愛國志士的鬥爭業績，給了他深刻的教育和影響。一一六一年，女真族奴隸主貴族大舉南犯，二十一歲的辛棄疾率領群眾兩千人在家鄉起義，並參加了以耿京為首的農民抗金起義軍，擔任了「掌書記」的職務。在起義軍隊伍幾個月裏，他表現出非凡的勇敢和堅定，幹了兩件非常出色的事。一件是，一個叫義端的和尚叛變投敵，辛棄疾親往追捕，當場斬了這個叛徒；另一件是，親自率領五十騎兵，直闖駐有五萬大軍的金營，活捉了殺害耿京、瓦解起義軍的叛徒、內奸張安國，渡過淮水，到達建康，把他交給南宋朝廷處決。辛棄疾在抗金鬥爭中所表現的這些英雄行為，受到當時人民的景仰和稱讚。

辛棄疾到了南方，這時耿京的起義軍已經失敗，他便留在南宋。從此以後，他繼續堅持愛國主義立場，用他的飽含激情的詞和文章，宣傳北伐抗金、收復中原、統一全國的主張。但是以宋高宗趙構為首的南宋政府，從汴京（今河南開封）逃到臨安（今浙江杭州）以後，偏安江南。他們對金統治者屈辱求和，置淪陷區廣大人民於不顧，自己則在杭州的西湖遊宴玩樂。他們對起義軍一直是害怕的。辛棄疾渡江南來之後，首先被解除了武裝，後來才被派往江陰軍做簽判，簽判是「簽書判官廳公事」的簡稱，是幫助地方官處理政務的小官。

儘管南宋政府對辛棄疾大材小用，不予重視，他還是不顧自己職位的低微，針對南宋政府中主和派所謂「南北有定勢，吳楚之脆弱不足以爭衡於中原」的謬論，獨抒己見，寫成《美芹十論》，上奏皇帝。在這篇奏章中，辛棄疾分析了宋金形勢、和戰前途、民心向背，指出金統治者外強中乾的情況，不是無隙可乘。他不僅痛斥了主和派的投降主義謬論，而且還詳細論述了南宋應採取的自強之策和收復中原的具體部署。《美芹十論》集中表達了辛棄疾的一片忠貞愛國之心，充份顯示了他的深邃智謀和復國韜略。他懷着滿腔熱切的希望，於乾道元年（一一六五）上奏朝廷，結果奉行投降主義路線的南宋政府以「講和方定」（見《宋史》本傳）為理由而不予理睬。辛棄疾回顧自己渡江南來以後，曾經盡了最大的努力，把自己心中想說的忠貞愛國的肺腑之言都陳奏給皇帝了。可是南宋統治集團好比是一個患恐敵病的重病人，任憑你怎樣想法去鼓舞他們，把他們拔出於消沉畏縮的氣氛之中，都是徒勞無功。正如陸游在一首詩中所說：「諸君尚守和戎策，志士虛捐少壯年。」報國無門，壯志難申，辛棄疾這時心中的悲憤是可想而知的。這一切，就是他登建康賞心亭時寫下這首傳誦千古的《水龍吟》詞的背景。

楚天千里清秋，水隨天去秋無際。遙岑遠目，獻愁供恨，玉簪螺髻。落日樓頭，斷鴻聲裏，江南遊子。把吳鈎看了，闌干拍遍，無人會，登臨意。

休說鱸魚堪膾，盡西風，季鷹歸未？求田問舍，怕應羞見，劉郎才氣。可惜流年，憂愁風雨，樹猶如此！倩何人喚取，紅巾翠袖，揾英雄淚！

先從題目說起。建康，又名金陵，即今江蘇省南京市。建康在歷史上是有名的城市，它是東吳、東晉、宋、齊、梁、陳六個朝代的都城。賞心亭是南宋建康城上的亭子。據《景定建康志》記載：「賞心亭在（城西）下水門城上，下臨秦淮，盡觀賞之勝。」

這首《水龍吟》詞，上片大段是寫景：由水寫到山，由無情之景寫到有情之景，很有層次。開頭兩句，「楚天千里清秋，水隨天去秋無際」，是作者在賞心亭上所見的江景。寫得氣象闊大，筆力遒勁。意思說，楚天千里，遼遠空闊，秋色無邊無際。大江流向天邊，也不知何處是它的盡頭。「楚天」的「楚」，泛指長江中下游一帶，這裏戰國時曾屬楚國。「水隨天去」的「水」，指浩浩蕩蕩奔流不息的長江，也就是蘇軾《念奴嬌》詞中「大江東去」的大江。「千里清秋」和「秋無際」，寫出江南秋季的特點。南方常年多雨多霧，只有秋季，天高氣爽，才可能極目遠望，看見大江向無窮無盡的天邊流去。

下面「遙岑遠目，獻愁供恨，玉簪螺髻」三句，是寫山。意思說，放眼望去，那一層層、一疊疊的遠山，有的很像美人頭上插戴的玉簪，有的很像美人頭上螺旋形的髮髻，可是這些都只能引起我對喪失國土的憂愁和憤恨。「玉簪螺髻」一句中的「玉簪」，是古代婦女的一種首飾；「螺髻」，指古代婦女一種螺旋形髮髻。韓愈有「水作青羅帶，山如碧玉篸」的詩句（篸即簪）。「遙岑」，即遠山，指長江以北淪陷區的山，所以說它「獻愁供恨」。這裏，作者一方面極寫遠山的美麗——遠山愈美，它引起作者的愁和恨，也就愈加深重；另一方面又採取了移情及物的手法，寫遠山「獻愁供恨」。實際上是作者自己看見淪陷區的山，想到淪陷的父老姊妹而痛苦發愁。但是作者不肯直寫，偏要說山向人獻愁供恨。山本來是無情之物，連山也懂得獻愁供恨，人的愁恨就可想而知了。這樣寫，意思就深入一層。

「楚天千里清秋，水隨天去秋無際」兩句，是純粹寫景，至「獻愁供恨」三句，已進了一步，點出「愁、恨」兩字，由純粹寫景而開始抒情，由客觀而及主觀，感情也由平淡而漸趨強烈。作者接着寫道：「落日樓頭，斷鴻聲裏，江南遊子。把吳鈎看了，闌干拍遍，無人會，登臨意。」意思說，夕陽快要西沉，孤雁的聲聲哀鳴不時傳到賞心亭上，更加引起了作者對淪陷的故鄉的思念。他看着腰間佩帶的不能用來殺敵衛國的寶刀，悲憤地拍打着亭子上的欄杆。可是又有誰能領會他這時的心情呢？

這裏「落日樓頭，斷鴻聲裏，江南遊子」三句，雖然仍是寫景，但同時也是喻情。落日，本是自然景物，辛棄疾用「落日」二字，含有比喻南宋朝廷日薄西山、國勢危殆的意思。原來宋孝宗繼位後，一度起用主戰派的張浚主持軍政。張浚在隆興元年（一一六三）對金發動軍事攻勢，不幸在符離（今屬安徽宿縣）被金軍打敗。於是主和派的勢力和輿論又在南宋政府中佔上風。辛棄疾這時登上建康賞心亭，面對着衡山的落日，想起南宋君臣在符離戰敗後又陷入一片消沉氣氛之中，這同諸葛亮《前出師表》中所描寫的「此誠危急存亡之秋也」的情景是一樣的。「斷鴻」，是失群的孤雁。辛棄疾用這一自然景物來比喻自己飄零的身世和孤寂的心境。「遊子」，是辛棄疾直指自己。一般地說，凡是遠遊的人都可稱為遊子，辛棄疾是從山東來到江南的，當然是遊子了。但是辛棄疾渡江淮歸南宋，原是以南宋為自己的故國，以江南為自己的家鄉的。可是南宋統治集團不把辛棄疾看作自己人，對他一直採取猜忌排擠的態度，致使辛棄疾覺得他在江南真的成了遊子了。

如果說上面「落日樓頭，斷鴻聲裏，江南遊子」三句是寫景寓情的話，那麼「把吳鈎看了，闌干拍遍，無人會，登臨意」三句，就是直抒胸臆了。但這裏，作者又不是直接用語言來渲染，而是選用具有典型意義的動作，淋漓盡致地抒發自己報國無路、壯志難酬的悲憤之情。作者寫的第一個動作是「把吳鈎看了」（「吳鈎」是吳王闔閭所造的鈎形刀）。杜甫《後出塞》詩中就有「少年別有贈，含笑看吳鈎」的句子。「吳鈎」，本是戰場上殺敵的鋭利武器，但現在卻閒置身旁，無處用武，這就把作者空有沙場殺敵的雄心壯志，卻是英雄無用武之地的苦悶也烘托出來了。以物比人，這怎能不引起辛棄疾的無限感慨呀！「把吳鈎看了」，這一個動作卻把作者此時此地的思想感情全部表現出來了。然而作者還嫌不足，接着又寫了第二個動作「闌干拍遍」。據《澠水燕談錄》記載，一個「與世齟齬」的劉孟節，他常常「憑闌靜立，懷想世事，吁噓獨語，或以手拍闌干，嘗有詩曰：『讀書誤我四十年，幾回醉把闌干拍』」。欄杆拍遍是表示胸中那說不出來的抑鬱苦悶之氣，借拍打欄杆來發洩的意思，用在這裏，就把作者徒有殺敵報國的雄心壯志而又無處施展的急切悲憤的情態宛然顯現在讀者面前。另外，「把吳鈎看了，闌干拍遍」，除了典型的動作描寫外，還由於採用了運密入疏的手法，把強烈的思想感情寓於平淡的筆墨之中，因而這兩句看似尋常無奇，但內涵卻非常豐厚，十分耐人尋味。

辛棄疾一腔熱忱，滿腹悲憤，但是不被南宋當權者所理解，所以他接着寫道：「無人會，登臨意」，慨嘆自己空有恢復中原的抱負，而南宋統治集團中沒有人是他的知音。

到這裏，詞的上片已經完了。如果說上片主要是寫景抒情的話，那麼下片就是直接言志了，也就是具體申說無人理會的登臨之意了。

下片十二句，分四層意思：

「休說鱸魚堪膾，盡西風，季鷹歸未？」盡是儘管、縱然。意思是說：儘管西風起來了，季鷹歸來沒有呢？這裏引用一個典故：晉朝人張季鷹，在洛陽做官，見秋風起，想到家鄉的味美的鱸魚，便棄官回鄉（見《晉書．張翰傳》）。這意思是說，現在「盡西風」的深秋時令又到了，連大雁都知道尋蹤飛回舊地，何況我這個漂泊江南的遊子呢？然而自己的家鄉如今還在敵人的鐵蹄蹂躪之下，想回去也回去不了呀！「盡西風，季鷹歸未？」既寫了有家難歸的鄉思，又抒發了對異族入侵的仇恨和對不思復國的南宋朝廷的激憤，確實收到了一石三鳥的效果。鄉思，與前面的「遊子」呼應，是「落日」、「斷鴻」背景裏「遊子」的真情流露；對敵人的仇恨和對朝廷的激憤，又呼應「遙岑遠目，獻愁供恨」，並為它做了最好的註腳。

「求田問舍，怕應羞見，劉郎才氣」，是第二層意思。求田問舍就是買地置屋。劉郎，指三國時劉備，這裏泛指有大志之人。這也是用了一個典故：三國時許汜去看望陳登，陳登對他很冷淡，獨自睡在大床上，叫他睡下床。後來許汜把這事告訴劉備，劉備說：「天下大亂，你忘懷國事，求田問舍，陳登當然瞧不起你。如果碰上我，我將睡在百尺高樓，叫你睡地下，豈止相差上下床呢？」（《三國志·陳登傳》）緊接前面，這裏大意是說，既不學為吃鱸魚膾而還鄉的張季鷹，也不學求田問舍的許汜。許汜因求田問舍，而被劉備和陳登看不起，也被辛棄疾看不起。「怕應羞見」的「怕應」二字，是辛棄疾為許汜設想，表示懷疑，意思是說：像你（指許汜）那樣的瑣屑小人，自己有何面目去見像劉備那樣的英雄人物？

「可惜流年，憂愁風雨，樹猶如此」，是第三層意思。流年，即年光如流；風雨，指國家在風雨飄搖之中；「樹猶如此」也有一個典故：據《世說新語》記載：桓溫北征，經過金城，見自己過去種的柳樹已長到幾圍粗，便感嘆地說：「木猶如此，人何以堪！」意思說，樹已長得這麼高大了，人怎麼能不老大呢！辛棄疾這三句包含的意思是：我所憂懼的，只是國事飄搖，時光流逝，北伐無期，恢復中原的宿願不能實現，辜負了平生的雄心壯志，如此而已。這裏，控訴南宋統治集團不能任用人才，使愛國志士無所作為，虛擲年華，已經淋漓盡致，它使我們彷彿又一次看到了作者「闌干拍遍」、悲憤欲絕的情狀。「可惜流年，憂愁風雨，樹猶如此」三句，是全首《水龍吟》詞的核心。上面「鱸魚堪膾」和「求田問舍」兩例，都不是主，而是賓。至「可惜流年」三句，才是全詞的最主要的部份。可以說，前面引過的陸游的「志士虛捐少壯年」的詩句，正是體現了辛棄疾這首《水龍吟》詞的主題思想。到這裏，作者的感情經過層層推進，已經發展到最高點，等於是一齣戲中的高潮。

下面就自然地過渡到詞的結尾了，也就是作者抒發的「登臨意」的第四層意思：「倩何人喚取，紅巾翠袖，搵英雄淚！」倩，在這裏是「請、央求」的意思。「紅巾翠袖」，是少女的裝束，這裏就是少女的代名詞。在宋代，一般遊宴娛樂的場合，都有歌伎在旁唱歌侑酒，所以，「紅巾翠袖，搵英雄淚」，可以理解為這是當時一般生活現象和辛棄疾個人生活現象在這首詞中留下的痕跡。這三句是寫辛棄疾自傷抱負不能實現，時無知己，得不到同情與慰藉的悲嘆。亦與上片「無人會，登臨意」相呼應。

崑曲《夜奔》中有這樣的唱句：「丈夫有淚不輕彈，只因未到傷心處。」英雄而至於流淚，這說明辛棄疾當時心中是多麼苦悶和傷心！

辛棄疾是南宋詞壇上豪放派的代表作家。他的詞縱橫揮灑，慷慨激昂，有的抒寫恢復中原的雄心，有的傾訴壯志未酬的悲憤，有的歌頌祖國河山的壯麗，愛國思想是他一生創作的基調。他與北宋的蘇軾並稱「蘇辛詞派」，但他的思想感情遠較蘇軾豐富。他融會經、史、子、集創作出多種多樣風格的詞篇，其成就是極其突出的。這首《水龍吟》詞，風格屬於豪放一類。它不僅對辛棄疾生活着的那個時代的矛盾有所反映，有比較深厚的現實內容，而且，運用圓熟精到的藝術手法把內容完美地表達出來，直到今天，仍然具有極其強烈的感染力量，使我們百讀不厭。

與無聞合寫

肝腸似火　色貌如花

摸魚兒

淳熙己亥自湖北漕移湖南，同官王正之置酒小山亭，為賦。

更能消幾番風雨？匆匆春又歸去。惜春長怕花開早，何況落紅無數。春且住，見說道、天涯芳草迷歸路。怨春不語，算只有殷勤、畫檐蛛網，盡日惹飛絮。　長門事，準擬佳期又誤。蛾眉曾有人妒。千金縱買相如賦，脈脈此情誰訴？君莫舞，君不見、玉環飛燕皆塵土。閒愁最苦。休去倚危欄，斜陽正在、煙柳斷腸處。

這是辛棄疾四十歲時，也就是宋孝宗淳熙六年（一一七九）暮春寫的詞。辛棄疾自一一六二年渡淮水來歸南宋，十七年中，他的抗擊金軍、恢復中原的愛國主張，始終沒有被南宋朝廷所採納。南宋朝廷不把他放在抗戰前線的重要位置上，只是任命他做閒職官員和地方官吏，使他在湖北、湖南、江西等地的任所轉來轉去，大材

小用。這一次，又把他從湖北漕運副使任上調到湖南繼續當漕運副使。漕運副使是掌管糧運的官職，對辛棄疾來說，做這種官當然不能施展他的大志和抱負。何況如今又把他從湖北調往距離前線更遠的湖南後方去，更加使他失望。這次調動任職，使辛棄疾意識到：這是南宋朝廷不讓抗戰派抬頭的一種表示。不讓抗戰派抬頭，關係到辛棄疾個人，事情尚小，關係到國家民族，那問題就大了。當時女真統治者的軍隊屢次南下犯境，南宋朝廷中的主和派採取妥協投降的錯誤政策。他們不僅忘了「徽欽之辱」，並且忍心把中原淪陷區廣大人民長期置於女真貴族統治之下，過着水深火熱的生活。收復山河的大計，已為納金幣、送禮物的投降政策所代替。辛棄疾目睹這種狀況，滿懷悲憤。他空有收復河山的壯志，而多年來一直無法實現。所以這次調離湖北，同僚置酒為他餞行的時候，他寫了這首《摸魚兒》詞，抒發他胸中的鬱悶和感慨。這首詞內容包括：第一，對國家前途的憂慮；第二，自己在政治上的失意和哀怨；第三，對南宋當權者的不滿。

以下對這首詞作簡單的解釋：

上片起句「更能消幾番風雨？匆匆春又歸去」，其意是：如今已是暮春天氣，哪裏禁得起再有幾番風雨的襲擊？這顯然不是單純地談春光流逝的問題，而是另有所指的。

「惜春長怕花開早」二句，作者揭示自己惜春的心理活動：由於怕春去花落，他甚至於害怕春天的花開得太早；因為開得早也就謝得早，這是對惜春心理的深入一層的描寫。

「春且住」三句，由於怕春去，他對它招手，對它呼喊：春啊，你停下腳步，別走啊！但是春還是悄悄地溜走了。想召喚它歸來，又聽説春草鋪到了遙遠的天邊，遮斷了春的歸路，春是回不來了。因此產生「怨春不語」的感情。就是說，心裏怨恨沒有把春留住，有話難以說出口來。

「算只有」三句，意思是：看來最殷勤的，只有那檐下的蜘蛛，牠為了留春，一天到晚不停地抽絲結網，用網兒來網住那飛去的柳絮。

下片一開始就用漢武帝陳皇后失寵的典故，來比擬自己的失意。自「長門事」至「脈脈此情誰訴」一段文字，說明「蛾眉見妒」，自古就有先例。陳皇后之被打入冷宮——長門宮，是因為有人在忌妒她。她後來拿出黃金，買得司馬相如的一篇《長門賦》，希望用它來打動漢武帝的心。但是她所期待的「佳期」，仍屬渺茫。這種複雜痛苦的心情，對甚麼人去訴說呢？

「君莫舞」二句的「舞」字，包含着高興的意思。「君」，是指那些忌妒別人來邀寵的人。意思是說：你不要太得意忘形了，你沒見楊玉環和趙飛燕後來不是都死於非命嗎？安祿山攻破長安後，在兵亂中，唐玄宗被迫把楊玉環縊死於馬嵬坡。趙飛燕是漢成帝的皇后，後來被廢黜為庶人，終於自殺。「皆塵土」，用《趙飛燕外傳》附《伶玄自敘》中的語意。伶玄妾樊通德能講趙飛燕姊妹故事，伶玄對她說：「斯人（指趙氏姊妹）俱灰滅矣，當時疲精力馳騖嗜慾蠱惑之事，寧知終歸荒田野草乎！」

「閒愁最苦」三句是結句。閒愁，作者指自己精神上的鬱悶。危欄，是高處的欄杆。意思是：不要用憑高望遠的方法來排除鬱悶，因為那快要落山的斜陽，正照着那被暮靄籠罩着的楊柳，遠遠望去，是一片迷閒。這裏的暮景，反而會使人見景傷情，以至於銷魂斷腸的。

這首詞上片主要寫春意闌珊，下片主要寫美人遲暮。有些選本以為這首詞是作者借春意闌珊來襯托自己的哀怨。這恐怕理解得還不完全對。這首詞中當然寫到作者個人遭遇的感慨，但更重要的，是他以含蓄的筆墨，寫出他對南宋朝廷暗淡前途的擔憂。作者把個人感慨納入國事之中。春意闌珊，實兼指國家大事，並非像一般詞人作品中常常流露出來的綺怨和閒愁。

上片第二句「匆匆春又歸去」的「春」字，可以説是這首詞中的「詞眼」。接下去作者以春去作為這首詞的主題和總線，有條不紊地安排上、下片的內容，把他那滿懷感慨曲折地表達出來。他寫「風雨」，寫「落紅」，寫「草迷歸路」……我們不妨運用聯想，這「風雨」，難道不是象徵金軍的進犯麼？這「落紅」，難道不是象徵南宋朝廷外交、軍事各方面的失敗，以致失地辱國、造成欲偏安江左而不可得的局面麼？「草迷歸路」，難道不是象徵奸佞當權，蔽塞賢路，致使一些有雄才大略的愛國志士，不能發揮其所長，起抗戰救國的作用麼？然後作者以蜘蛛自比。蜘蛛是微小的動物，牠為了要挽留春光，施展出牠的全部力量。在「畫檐蛛網」一句上，加「算只有殷勤」一句，意義更加突出。這正如晉朝的著名畫家顧愷之為裴楷畫像，像畫好後，畫家又在頰上添幾根鬍子，觀者頓覺畫像神情生動起來。（《晉書·顧愷之傳》：「愷之嘗圖裴楷像，頰上加三毛，觀者覺神明殊勝。」）「算只有殷勤」一句，也能起「頰上加三毛」的作用。尤其是「殷勤」二字，突出地表達作者對國家的耿耿忠心。這兩句還說明，辛棄疾雖有殷勤的報國之心，無奈官小權小，不能起重大的作用。

上片以寫景為主，以寫眼前的景物為主。下片的「長門事」、「玉環」、「飛燕」，則都是寫古代的歷史事實。兩者看起來好像不相聯續，其實不然。作者用古代宮中幾個女子的事跡，進一步抒發其「蛾眉見妒」的感慨，這和當時現實不是沒有聯繫的。而從「蛾眉見妒」這件事上，又說明這不只是辛棄疾個人仕途得失的問題，更重要的是關係到宋廷興衰的前途，它和這首詞的春去的主題不是脫節，而是相輔相成的。作者在過片處推開來寫，在藝術技巧上說，正起峰斷雲連的作用。

下片的結句更加值得我們注意：它甩開詠史，又回到寫景上來。「休去倚危欄，斜陽正在、煙柳斷腸處」二句，最耐人尋味。

以景語作結，是詞家慣用的技巧。因為以景語作結，會有含蓄不盡的韻味。

除此之外，這兩句結語還有以下各種作用：

第一，它刻畫出暮春景色的特點。暮春三月，宋代女詞人李清照曾用「綠肥紅瘦」四字刻畫它的特色，成為千古傳誦的名句。「紅瘦」，是說花謝；「綠肥」，是說樹蔭濃密。辛棄疾在這首詞裏，他不說斜陽正照在花枝上，卻說正照在煙柳上，這是用另一種筆法來寫「綠肥紅瘦」的暮春景色。而且「煙柳斷腸」，還和上片的「落紅無數」、春意闌珊這個內容相呼應。如果說，上片的「更能消幾番風雨？匆匆春又歸去」是開，是縱；那麼下片結句的「斜陽正在、煙柳斷腸處」是合，是收，一開一合、一縱一收之間，顯得結構嚴密，章法井然。

第二，「斜陽正在、煙柳斷腸處」，是暮色蒼茫的景象。這是作者在詞的結尾處着意運用的重筆，旨在點出南宋朝廷日薄西山、前途暗淡的趨勢。它和這首詞春去的主題也是緊密相聯的。宋人羅大經在《鶴林玉露》中說：「辛幼安（即辛棄疾）晚春詞云：『更能消幾番風雨？……』詞意殊怨。斜陽煙柳之句，其與『未須愁日暮，天際乍輕陰』者異矣。……聞壽皇（宋孝宗）見此詞頗不悅。」可見這首詞流露出來的對國事、對朝廷的觀點，都是很強烈的。

詞是抒情的文學，它的特點是婉約含蓄。前人說過：「詞貴陰柔之美。」晚唐五代的花間詞，就是如此。花間詞是詞中的婉約派。這一派詞的內容大都是寫兒女戀情和閒愁綺怨，而且是供酒邊尊前娛賓遣興之用。到了宋代，詞壇上除了婉約派外，又出現了豪放派。豪放派的代表作家如蘇軾、辛棄疾，都是把詞作為抒寫自己的性情、抱負、胸襟、學問的工具的。內容變了，風格跟着也變了。比如辛棄疾另一首《破陣子》：

醉裏挑燈看劍，夢回吹角連營。八百里分麾下炙，五十弦翻塞外聲，沙場秋點兵。
馬作的盧飛快，弓如霹靂弦驚。了卻君王天下事，贏得生前身後名。可憐白髮生！

它是抒寫作者對抗戰的理想與願望的。它的內容和形式，都和婉約派詞迴然有別。我們在《花間集》中，是找不到這樣的作品的。

拿《破陣子》和這首《摸魚兒》比較，內容有其相似之處，而形式上，也就是表現手法上，又有區別。《破陣子》比較顯，《摸魚兒》比較隱；《破陣子》比較直，《摸魚兒》比較曲。《摸魚兒》的表現手法，比較接近婉約派。它完全運用比、興的手法來表達詞的內容，而不直接說明詞的內容。這說明，辛棄疾雖然是豪放派的代表作家，但是一個大作家，他的詞風是多種多樣的。儘管《摸魚兒》詞採用婉約的表達形式，並未完全掩蓋它的內容。我們讀這首《摸魚兒》時，感覺到在那一層婉約含蓄的外衣之內，有一顆火熱的心在跳動，這就是辛棄疾學蜘蛛那樣，為國家殷勤織網的一顆耿耿忠心。

總起來說，這首《摸魚兒》的內容是熱烈的，而外表是婉約的。使熱烈的內容與婉約的外表和諧地統一在一首詞裏，這說明了辛棄疾這位大作家的才能。最後，我們可以用「肝腸似火，色貌如花」八個字，來作為這首《摸魚兒》詞的評語。

與無聞合寫

辛棄疾的《菩薩蠻・書江西造口壁》

鬱孤臺下清江水，中間多少行人淚！西北望長安，可憐無數山。　青山遮不住，畢竟東流去。江晚正愁余，山深聞鷓鴣。

造口、鬱孤臺、清江，都在江西贛江流域。辛棄疾淳熙二至三年（一一七五—一一七六）任江西提刑（掌管刑法獄訟的官），官署在贛州，這首詞當作於這一二年間。

詞從贛江想到四十年前金人追隆祐太后（宋高宗的伯母）一路搶掠殺戮的情狀，想像江水裏還流着那時逃難人民生離死別的眼淚。據《三朝北盟會編》載：隆祐太后離生米市至吉州，有人看見金人已經到了市中，便乘夜開船。第二天天亮時到太和縣，又進到萬安縣，兵士不滿百人，將軍滕康、劉珏、楊惟忠皆逃竄山谷中；金人追到太和縣，太后乃自萬安縣至皂口捨舟登陸，到了虔州（即贛州）。詞中又從鬱孤臺想到宋朝的故都開封，想到北方無數山河那時都被敵人佔領，成為淪陷區了。

鬱孤臺又名望闕，唐代刺史李勉登鬱孤臺望都城長安，以為鬱孤臺非美名，改為望闕。古時候幾個朝代都在長安建都，所以常用長安代表首都。「西北望長安」實際上是望開封。

下片說江水畢竟要東流去，重疊的山是不能遮斷它的去路的。這也許是作者比喻自己百折不回的報國壯志和決心。但是江上暮色蒼茫的時候，又聽見鷓鴣的啼聲，好像說：「行不得也哥哥！」使他想到恢復之業，還是困難重重，引起他無限的憂愁。

這首詞情景交融，寫出作者一片憂國的心情，不僅僅是一首描寫山水的作品。它的下片結句語言沉鬱，這由於作者的政治遭遇，也由於當地山險水急，是不舒坦的環境（前人用「鬱孤」兩字為臺名可見），所以作品的感情也帶着這種沉鬱的色彩。但他用「青山遮不住」二句放在中間起振動的作用，全詞便不致消沉無力了。

宋人羅大經的《鶴林玉露》有一段文字論到這首詞說：「南渡之初，虜人追隆祐太后御舟至皂口，不及而還，幼安自此起興。『聞鷓鴣』之句，謂恢復之事行不得也。」羅大經的末了兩句話有語病。辛棄疾一生抱恢復大志，到死不衰，六十多歲還倡議伐金，作這詞的時候才三十六七歲，哪會說：「恢復之事行不得也！」應該是說恢復之事由於當權者不敢抗戰，所以困難還多。

蘇軾有《虔州八景圖》詩一首說：「濤頭寂寞打城還，章貢臺前暮靄寒。倦客登臨無限思，孤雲落日是長安。」鬱孤臺就是「虔州八景」之一。辛棄疾這詞字面上有許多地方近似蘇軾這首詩，可能是受蘇詩的影響。杜甫詩中「愁看直北是長安」；這首詞「西北望長安」句就是用這個意思。這些雖然只是關於語言形式方面的問題，但也可見作者怎樣融化前人作品成為自己的東西，這種借鑒的手法，也是這首詞成功的因素之一。

《菩薩蠻》調全以五、七言句組成，近於唐代的近體詩。它的句子勻整，唐五代、北宋人填此調的，多寫兒女柔情，聲情諧婉。溫庭筠填此調十四首，最著名的一首「小山重疊金明滅」，我在前文已介紹過。辛棄疾這首《菩薩蠻》卻不同，它不寫兒女柔情，而是抒發對國家民族興亡及個人抱負難以實現的感慨。梁啓超評這首詞說：「《菩薩蠻》如此大聲鏜鞳，未曾有也。」（見《藝蘅館詞選》）鏜鞳是撞擊鐘鼓的大聲。梁氏這兩句話的意思是：用《菩薩蠻》小令寫大感慨的詞，在辛棄疾以前，未曾有過。

辛棄疾的《醜奴兒》

少年不識愁滋味，愛上層樓；愛上層樓，為賦新詞強說愁。　而今識盡愁滋味，欲說還休；欲說還休，卻道「天涼好個秋」！

談辛稼軒這首詞之前，得先談談這首詞的調名。《醜奴兒》這個詞在這裏並不是醜人的意思。它猶之《西廂記》裏的「可憎才」和「冤家」，是故意反說來表示一種強烈的喜愛的感情。這個詞調原名叫《採桑子》，也就是《採桑曲》，「子」就是曲。現在所知最早填這個調的是馮延巳和李

煜。古樂府《日出東南隅》中詠美女羅敷採桑，所以這個詞調又叫《羅敷媚》。「媚」是美好的意思，反過來叫「醜」。《醜奴兒》這個調實是詠美人的曲子。

這個調在古代當是描寫美人形態和感情的，如南唐馮延巳就有好幾首。後來由寫女子的感情轉變為寫作者自己的感情，像辛棄疾這首就是。

由於這個詞調的字句音節是四句七言、四句四言，隔行分列，聲調均勻，適宜於表達諧婉的感情，所以辛棄疾這首詞也同樣是婉約的。

這首詞上片四句是說少年時沒有嘗到愁的滋味，不知道甚麼叫做「愁」，為了要作新詞，沒有愁勉強說愁。這四句是對下片起襯托作用的。下片首句說「而今識盡愁滋味」，按一般寫法，接下應該描寫現在是怎樣的憂愁。但是它下面卻重複了兩句「欲說還休」，最後只用「卻道『天涼好個秋』」一句淡話來結束全篇。這是吞咽式的表情，表示有許多憂愁不能明說。我們聯繫作者的身世遭遇來看，是能體會他這一句話的深長的含意的。

這詞全首寫「愁」，上、下片用了三個「愁」字。上片的「為賦新詞強說愁」的「愁」，是指閒愁。下片的「而今識盡愁滋味」的「愁」，指關懷國事、懷才不遇所引起的哀愁。我們知道，辛棄疾是一位愛國志士，是一位始終主張抗戰的民族英雄，但是一生受統治集團投降派的打擊、排擠。詞中所説「欲説還休」實際是統治者不許他發表救國的言論。由於他是個北方「歸正軍民」，處處受到猜忌，所以連話也不敢明講。辛棄疾曾在《論盜賊札子》中提到自己的處境，説「顧恐言未脱口而禍不旋踵」。這正是「欲説還休」句的註腳。可見「欲説還休」，反映了辛棄疾歸宋後的生活處境的真實。從藝術表現技巧方面説，作者在這首詞末了用「卻道『天涼好個秋』」這樣一句閒淡的話來結束全篇，用這樣一句閒淡的話來寫自己胸中的悲憤，也是一種高妙的抒情法。深沉的感情用平淡的語言來表達，有時更耐人尋味。這好比繪畫，濃筆重彩的畫固然收到藝術效果，而淡淡的水墨畫的藝術效果，有時更加感人。我們了解了辛棄疾這種處境和遭遇，我們更能體會到這種看去很閒淡的話，內含的感情卻是多麼的濃烈，這是從不得志英雄血淚中迸發出來的。所以，他這首詞外表雖則婉約，而骨子裏卻是包含着憂鬱、沉悶不滿的情緒。

辛棄疾的《醜奴兒近・博山道中效李易安體》

千峰雲起，驟雨一霎兒價。更遠樹斜陽，風景怎生圖畫！青旗賣酒，山那畔、別有人家。只消山水光中，無事過者一夏。午醉醒時，松窗竹户，萬千瀟灑。野鳥飛來，又是一般閒暇！卻怪白鷗，覷着人、欲下未下。舊盟都在，新來莫是，別有説話？

辛棄疾退隱江西上饒時，經常來往於博山道中（博山在江西廣豐縣西南三十多里）。這首詞寫博山道中所見，它好像是一幅山水畫，題目是「效李易安體」，所以這首詞寫的明白如話。雖然在文字上容易讀懂，可是我們要仔細體會，因為它裏面隱約地寄託了他的身世之感。詞的上片寫山水景物；下片則全是想像之辭，雖然是虛寫，卻是這首詞最主要的部份。

上片首寫起雲，次寫驟雨，再次寫放晴，是寫夏天山村的天氣變化。「一霎兒價」就是一會兒工夫。「價」是語助詞。「風景怎生圖畫」句，可以理解為讚嘆之辭：

「這風景是怎樣美麗的圖畫呵！」也可以體會為反詰語氣：「這風景怎麼能畫得出來呵！」上面六句把山鄉風光描繪為一幅清曠的圖畫。最後兩句：「只消山水光中，無事過者一夏。」（「者」就是「這」）是作者寫自己的思想願望，即由此引起下片想像之辭。

下片是作者設想在這裏過生活的情景。寫「午醉醒時」，看見「松窗竹戶」十分瀟灑（「萬千」是「十分」的意思），又看見飛來的野鳥，更增加了意境的閒暇。末了「卻怪白鷗」幾句來一個轉折，使文情起了變化，說明他所想像的平靜悠閒的生活，在現實裏是不可能實現的。「舊盟都在」幾句是作者對白鷗說的話：「我還記得同你們有過盟約，而你們現在卻同我隔膜了。」「別有說話」，是說存在着違背舊盟的念頭。古詩有盟鷗之辭，李白詩：「明朝拂衣去，永與白鷗盟。」可能是最早的兩句。辛棄疾於退隱帶湖新居之初，也有「盟鷗」的《水調歌頭》，內有「凡我同盟鷗鳥，今日既盟之後，來往莫相猜」之句。相傳白鷗是最無機心的禽鳥，而辛棄疾這首詞的結尾卻說，連曾經跟我有過盟約的、最無機心的白鷗，如今也不相信我了。用反襯的手法，極寫自己在官場上受猜忌的遭遇。

辛棄疾一生政治上的處境是很不得意的，他在《論盜賊札子》中說：「臣生平剛拙自信，年來不為眾人所容，顧恐言未脫口而禍不旋踵……」他處處受到統治集團的排斥、打擊，經常有人彈劾他，所以他唯恐話還沒出口，災禍就接二連三地來了。在服官江西以後，他又曾受諫官的打擊。

辛棄疾的另一首《江神子．博山道中》也有「白髮蒼顏吾老矣，只此地，是生涯」之句。正是他被迫退休江西的時期。從四十三歲起，他在江西上饒一共住了十年。這種政治遭遇使他很希望擺脫官場生活。這首詞的前半，就是反映了他的這種願望。然而他同時也清楚地知道，這種願望只是一種不可能實現的空想。即使生活在那樣寧靜的山鄉裏，也還是不能逃脫別人的猜忌。

這首詞採用鋪敘的手法，把景物一一展現在讀者的面前。詞的上片以及下片的前半，極力渲染風景的優美，環境的閒適。作者這樣寫的目的是為了襯托最後五句所表達的失意的心情。通過白鷗的背盟，寫出自己身世之感和生活道路的坎坷不平，不用一句直筆而收到很高的藝術效果。以淡景寫濃愁，這也是辛棄疾詞的一種常用的藝術手法。

辛棄疾的《青玉案·元夕》

東風夜放花千樹，更吹落、星如雨。寶馬雕車香滿路。鳳簫聲動，玉壺光轉，一夜魚龍舞。　蛾兒雪柳黃金縷，笑語盈盈暗香去。眾裏尋他千百度；驀然回首，那人卻在、燈火闌珊處。

在辛棄疾的《稼軒長短句》裏，有許多慷慨激昂的作品，像《破陣子·為陳同甫賦壯詞以寄》以及前面談過的《水龍吟·登建康賞心亭》等都是。但是他的作品風格是多種多樣的，他的豪放激昂的作品固然振奮人心，而婉約含蓄的也同樣出色動人。如《摸魚兒》和《青玉案·元夕》就是。

《青玉案·元夕》寫正月十五夜元宵節鬧花燈的熱鬧場面：「花千樹」，是寫燈火之盛，像那千樹開花一樣。「星如雨」，形容滿天的燄火。作者既描寫了燈火的繁多，也描寫了觀燈者裙屐之盛。在觀燈的人群中，有些人乘「寶馬雕車」，服飾華貴。有些女人頭上戴着「蛾兒」、「雪柳」等裝飾品，一邊觀燈，一邊盈盈笑語。

但是這些都不是作者所要尋找的人。「衆裏尋他千百度」是說在人群中找了「那人」千百次，仍然找不到。聯繫上片「玉壺光轉，一夜魚龍舞」二句，知道已整整找了一個晚上（「玉壺」指月光）。作者在前面用了許多筆墨渲染環境氣氛，而最後只用幾筆勾畫出他所要找的那個人的形象和性格。儘管燈市這樣鬧，看燈的人這樣多，但是在這熱鬧人群中沒有「那人」；在最後偶然回頭的時候，卻發現「那人」站在燈火冷落的地方。到此我們才知道，前面所寫的種種熱鬧的氣氛，都是反襯之筆，都是為這個主要人物的形象性格而服務的。

這首詞全首寫燈火，但一直不肯輕易放出「燈火」二字，只用「花千樹」、「星如雨」、「魚龍舞」等等譬喻字面來暗點，直到最後一句才點出它，卻又是在寫那個主要人物時附帶點出的。這種不平凡的手法，也能加強對讀者的印象。

又，這首詞主要是寫一個孤高、淡泊、自甘寂寞的女性形象。這個女性形象，在花間派以來的文人詞裏，是很少見的。所以作者鄭重地用了兩層比襯手法來描寫她。詞的開頭寫燈火場景，對那些「笑語盈盈」的觀燈婦女來說是正襯，而對孤高的「那人」來說則是反襯。越寫燈火熱鬧，越見「那人」孤高的性格。那「寶馬雕車」中的人兒和戴着「蛾兒」、「雪柳」的婦女，對「那人」也是反襯。全詞十三句，用作反襯的有九句，而寫主要人物形象的，卻只四句。這不是喧賓奪主，通過對賓的着重描寫，正起了加強突出主要人物形象的作用。

杜甫詩「絕代有佳人，幽居在空谷」，是把「佳人」放在冷落的「空谷」的背景上來塑造，辛棄疾這首《青玉案》，則把「那人」放在火樹銀花的元宵佳節極其熱鬧的背景上來塑造。背景有冷熱的不同，而美人的高標則是一致。這也是這首詞可注意的藝術手法。

說這首詞主要是寫一個孤高、淡泊、自甘寂寞的女性形象，那還是表面的看法。作者在政治上失意的時候，有許多作品，大抵都寄託了他自己的身世之感。這首詞裏的「那人」形象，何嘗不是作者自己人格的寫照？這詞編在四卷本《稼軒詞》的甲集裏，甲集編於淳熙十五年（一一八八），可知這詞必作於淳熙十五年之前。淳熙十五年，作者四十九歲，他被迫退休於江西上饒，已經六七年了；這詞裏所謂「燈火闌珊處」，可能也就是作者那時在政治上被排斥的境地的寫照。梁啓超說這詞「自憐幽獨，傷心人別有懷抱」，這是很可信的評語。彭孫遹《金粟詞話》以「秦周之佳境」評「驀然回首」三句，那還只是藝術手法的欣賞，並不曾接觸到它的思想感情。

辛棄疾的農村詞

西江月

夜行黃沙道中

明月別枝驚鵲，清風半夜鳴蟬。稻花香裏説豐年，聽取蛙聲一片。　七八個星天外，兩三點雨山前。舊時茅店社林邊，路轉溪橋忽見。

辛棄疾寫了好幾首農村詞，這首《西江月》是比較突出的一首。它是通過對自然界風光的描寫，來表現農村的生活和心情的。黃沙嶺在江西上饒之西。辛棄疾退隱上饒帶湖時，經常行經風景優美的黃沙道中。詞裏只選用夏夜一晴一雨兩個鏡頭：上片寫晴，下片寫雨。上片通過三種動物：鵲、蟬、蛙來寫晴，是有詳略、深淺、主次之分的。首先以驚鵲寫明月，因為明月出來了，枝上的鵲兒見光驚飛，離開枝頭。「別枝」在這裏作離開枝頭解，與蘇軾詩「月明驚鵲未安枝」同意，不是「蟬曳殘聲過別枝」作另外一枝解的「別枝」。次寫鳴蟬，半夜還有蟬鳴，可見天氣很熱，為下片寫雨作伏筆，頭兩種動物都還只是略寫、淺寫。最後寫蛙。「稻花香裏說豐年」兩句，表現了豐年人們的喜悅心情。看見稻花，聞到稻香，可知年成，但是在稻花香裏說好年成的卻不是人而是一片蛙聲。因為在人們內心異常高興時，往往會覺得周圍的一切事物也都沾染上人們的喜悅心情，塗上愉快的色彩。蛙與豐年原無必然的聯繫，現在由於人們沉浸在歡樂之中，所以聽到蛙聲，感到它似乎也為豐年而歡唱。無知之物尚且如此，曾經付出辛勤勞動的人們，在豐收在望時的興奮心情，更是可想而知了。作者運用側面烘托的手法，比正面寫豐收，要生動、深刻得多了。

下片寫雨。雨前天空已經起了雲，天上只看見七八個星星，那是在雲層裏透漏出來的，說它只有少數的七八個，是寫雲層之密，預示了未雨時已有雨意。盧延讓詩：「兩三條電欲為雨，七八個星猶在天。」也是用「七八個星」來寫雨前的天象。第二句寫雨來。山前忽然飄下「兩三點雨」，這是夏天驟雨來臨的前奏，不是寫春雨。末兩句寫行人的先焦急後喜悅的心理：他曾記得在那土地廟樹林旁邊，有一爿茅店，可以避避雨。他急急忙忙地過了溪橋，拐了一個彎，那爿茅店果然在「社林邊」出現了。寫出行人的喜悅心情，也就是表現作者自己的喜悅心情。

這首詞挑選幾件小事物，來描寫農村風光。既寫了景，也寫了人。不但真切地描繪出一幅農村夏夜的畫面，而且表現了農村的豐收景象和人們的喜悅心情。作者的表現手法生動、靈活，能給人以相當豐富的美的享受。在宋代描寫農村的詞篇中，它不愧是一首名作。

清平樂

茅檐低小，溪上青青草。醉裏吳音相媚好，白髮誰家翁媼！　大兒鋤豆溪東，中兒正織雞籠。最喜小兒無賴，溪頭看剝蓮蓬。

這首詞也是描寫農村生活。作者那時退隱在江西鄉間，這詞所反映的當是江西上饒一帶農村的風光。上片表現鄉村生活的和平與安寧，寫老人過着美好晚年生活。下片寫村中勞動情況。

首兩句：在青草溪邊看見一座低小的茅屋。第三句寫人：尚未見人，先聞其聲。「醉裏吳音相媚好」，「醉裏」不是說作者自己喝醉了酒，而是聽到有人帶着醉意用吳音交談。醉裏閒談，正是寫農民們過着安寧的生活。這裏「吳音」泛指南方話，江西古時叫「吳頭楚尾」，在吳、楚之間，所以江西話也可以叫吳音。他聽見這樣柔和嫻婉娓娓動聽的語音，初以為一定是一對青年男女在談情，但是一看，卻感到驚奇：原來是一對白髮蒼蒼的老年夫婦！用「相媚好」一詞來形容這一對老年夫婦的軟媚的「吳音」，更能表現出他們美好生活和心情。這不僅是寫人物的心境，主要是寫整個農村的平靜光景。社會情況通過少數人的語音來描寫，是很高妙的手法。在句子安排上，用倒裝章法，先聞其聲，後見其人，出乎意外，才令人驚異；如果順着次序先寫人，後聞聲，便不生動了。

上片寫老年人，下片則寫年輕人。通過這個人家三個兒子的舉動，描寫出整個農村的勞動生活。大兒、中兒都在勞動，只有最小的一個，甚麼都不幹，在溪頭看剝蓮蓬。這是說，除了最小的以外，其他一切的人都在勞動，用側面寫法，突出鄉村無閒人的光景。「無賴」在這裏當「淘氣」解，並不是責罵的話。「溪頭看剝蓮蓬」，把小孩子的年齡特徵、貪食好玩的神態都刻畫出來。說「最喜小兒無賴」，是用反襯手法來加重語氣，譬如我們說：「除了瞎子以外，誰都看見！」「除了聾子以外，誰都聽見！」這比直說「無人不看見」、「無人不聽見」有力得多。（末了一句，四卷本《稼軒詞》及《花庵詞選》都作「溪頭臥剝蓮蓬」。）這也是寫小孩子不正經參加勞動。如果理解為下片四句是寫全村人包括小孩子在內都參加勞動，那就未免貶低這幾句的藝術手法了。

辛稼軒的農村詞，大多數作於江西上饒和鉛山。當時這一帶地區表面上比較安定，辛棄疾在農村詞中反映出農村外表上比較安定的一面，沒有進一步揭露農村裏的階級矛盾，這是他的作品的缺點。但同時我們也應該看到：他之所以把農村描寫得這樣美好，正是表現他對當時官場惡劣空氣的不滿。辛棄疾自號「稼軒」，又把自己的幾個兒子都取了「禾」旁的名字。他還有好幾首懷念陶淵明的詞，在一首《水龍吟》中說：「白髮西風，折腰五斗，不應堪此。」他把不肯為五斗米折腰而歸田畝的陶淵明引為異代知己，這都說明辛棄疾在被迫罷官以後表示出來的對官場的厭惡。與官場情形相對比，他增長了對農村生活的喜愛。他把這種喜愛農村的思想，通過高度的藝術手法表達在這首《清平樂》中。他的這些反映農村的作品在宋代詞壇上是一叢珍貴的花朵。

辛棄疾的《破陣子．為陳同甫賦壯詞以寄》

醉裏挑燈看劍，夢回吹角連營。八百里分麾下炙，五十弦翻塞外聲，沙場秋點兵。　馬作的盧飛快，弓如霹靂弦驚。了卻君王天下事，贏得生前身後名。可憐白髮生！

這是辛棄疾寄給陳亮（字同甫）的一首詞。陳亮是一位愛國志士，一生堅持抗金的主張，他是辛棄疾政治上、學術上的好友。他一生不得志，五十多歲才狀元及第，第二年就死了，他倆同是被南宋統治集團所排斥、打擊的人物。宋淳熙十五年（一一八八），陳亮與辛棄疾曾經在江西鵝湖商量恢復大計，但是後來他們的計劃全都落空了。這首詞可能是這次約會前後的作品。

這詞全首都寫軍中生活，也可以說是寫想像中的抗金軍隊中的生活。上片描寫在一個秋天的早晨沙場上點兵時的壯盛場面。開頭兩句寫軍營裏的夜與曉，「醉裏挑燈看劍」一句有三層意思：「看劍」表示雄心，「挑燈」點出時間，醉裏還挑燈看劍是寫念念不忘報國。次句「夢回吹角連營」，寫拂曉醒來時聽見各個軍營接連響起雄壯的號角聲。上句是看，此句是聞。接下三句寫兵士們的宴飲、娛樂生活和閱兵場面，詞的境界逐漸伸展、擴大。「八百里分麾下炙」，八百里炙是指烤牛肉。《晉書》載：王愷有牛名八百里駁，常瑩其蹄角，王濟與王愷賭射得勝，命左右探牛心作炙。「麾」是軍旗。全句的意思是：兵士們在軍旗下面分吃烤熟的牛肉。「五十弦翻塞外聲」，指各種樂器合奏出雄壯悲涼的軍歌。古代的瑟有五十弦。李商隱詩：「錦瑟無端五十弦。」這詞裏的「五十弦」，當泛指合奏的各種樂器。「翻」，指演奏。「塞外聲」，指雄壯悲涼的軍歌。

下片寫投入戰鬥的驚險場面。「馬作的盧飛快」，「的盧」，駿馬名。相傳三國劉備在荊州遇厄，的盧馬載着他一躍三丈，越過檀溪（見《三國志．先主傳》引《世說》）。「作」，作「如」解。「弓如霹靂弦驚」，比喻射箭時弓弦的響聲如雷震。「了卻君王天下事」兩句，描寫戰鬥獲勝，大功告成時將軍意氣昂揚的神情。「天下事」指收復中原。收復中原，不僅是君王的事，也是人民共同關心的大事。末句一結，卻轉到在南宋統治集團的壓抑下，恢復祖國河山的壯志無從實現的悲憤。這一轉折，使上面所寫的願望全部成為幻想，全部落空。

這首詞題是「壯詞」，前面九句的確可稱得上是壯詞，但是最後一句使全首詞的感情起了變化，使全首詞成為悲壯的而不是雄壯的。前面九句是興高采烈、雄姿英發的。最後一句寫出了現實與理想的大矛盾，理想在現實生活中的幻滅。這是辛棄疾一生政治身世的悲憤，也同樣是陳亮的悲憤。

辛棄疾被稱為宋詞豪放派的宗師。在這首詞中表現的藝術風格有兩方面：一是內容感情的雄壯，它的聲調、色彩與婉約派的作品完全不同。二是他這首詞結構佈局的奇變。一般詞分片的作法，大抵是上下片分別寫景和抒情，這個詞調依譜式應在「沙場秋點兵」句分片。而這首詞卻把兩片內容緊密連在一起，過變不變（過變是第二片的開頭）。依它的文意看，這首詞的前九句為一意，末了「可憐白髮生」一句另為一意。全首詞到末了才來一個大轉折，並且一轉折即結束，文筆很是矯健有力。前九句寫軍容寫雄心都是想像之辭。末句卻是現實情況，以末了一句否定了前面的九句，以末了五個字否定前面的幾十個字。前九句寫得酣恣淋漓，正為加重末五字失望之情。這樣的結構不但宋詞中少有，在古代詩文中也很少見。這種藝術手法也正表現了辛詞的豪放風格和他的獨創精神。但是辛棄疾運用這樣的藝術手法，不是故意賣弄技巧、追求新奇，這種表達手法正密切結合他的生活感情、政治遭遇。由於他的恢復大志難以實現，心頭百感噴薄而出，便自然打破了形式上的常規，這絕不是一般只講究文學形式的作家所能做到的。

辛棄疾的《西江月・遣興》

醉裏且貪歡笑，要愁那得工夫。近來始覺古人書，信着全無是處。　昨夜松邊醉倒，問松我醉何如？只疑松動要來扶，以手推松曰去！

這首詞題目是「遣興」。從詞的字面看，好像是抒寫悠閒的心情。但骨子裏卻透露出他那不滿現實的思想感情和倔強的生活態度。

這首詞上片前兩句寫飲酒，後兩句寫讀書。酒可消愁，他生動地說是「要愁那得工夫」。書可識理，他說對於古人書「信着全無是處」。這是甚麼意思呢？「盡信

書，不如無書。」這句話出自《孟子》。《孟子》這句話的意思，是說《尚書·武成》一篇的紀事不可盡信。辛詞中「近來始覺古人書，信着全無是處」兩句，含意極其曲折。他不是菲薄古書，而是對當時現實不滿的憤激之詞。我們知道，辛棄疾二十三歲自山東淪陷區起義南來，一貫堅持恢復中原的正確主張。南宋統治集團不能任用辛棄疾，迫使他長期在上饒鄉間過着退隱的生活。壯志難酬，這是他生平最痛心的一件事。這首詞就是在這樣的環境、這樣的心境中寫成的，它寄託了作者對國家大事和個人遭遇的感慨。「近來始覺古人書，信着全無是處」，就是曲折地說明了作者的感慨。古人書中有一些至理名言。比如《尚書》說：「任賢勿貳。」對比南宋統治集團的所作所為，那距離是有多遠呵！由於辛棄疾洞察當時社會現實的不合理，所以發為「近來始覺古人書，信着全無是處」的浩嘆。這兩句話的真正意思是：不要相信古書中的一些話，現在是不可能實行的。

這首詞下片更具體寫醉酒的神態。「松邊醉倒」，這不是微醺，而是大醉。他醉眼迷蒙，把松樹看成了人，問他：「我醉得怎樣？」他恍惚還覺得松樹活動起來，要來扶他，他推手拒絕了。這四句不僅寫出惟妙惟肖的醉態，也寫出了作者倔強的性格。僅僅二十五個字，構成了劇本的片段：這裏有對話，有動作，有神情，又有性格的刻畫。小令詞寫出這樣豐富的內容，是從來少見的。

「以手推松曰去」，這是散文的句法。《孟子》中有「『燕可伐歟？』曰：『可。』」的句子；《漢書．二疏傳》有疏廣「以手推常曰：『去！』」的句子。用散文句法入詞，用經史典故入詞，這都是辛棄疾豪放詞風格的特色之一。從前持不同意見的人，認為以散文句法入詞是「生硬」，認為用經史典故是「掉書袋」。他們認為：詞應該用婉約的筆調、習見的詞彙、易懂的語言，而忌粗豪、忌用典故、忌用經史詞彙，這是有其理由的。因為詞在晚唐、北宋，是為配合歌曲而作的。當時唱歌的多是女性，所以歌詞要婉約，配合歌女的聲口；唱來使人人容易聽懂，所以忌用典故和經史詞彙。但是到辛棄疾生活的南宋時代，詞已有了明顯的發展，它的內容豐富複雜了，它的風格提高了，詞不再專為應歌而作了。尤其是像辛棄疾那樣的大作家，他的創造精神更不是一切陳規慣例所能束縛。這由於他的政治抱負、身世遭遇不同於一般詞人。若用陳規慣例和一般詞人的風格來衡量這位大作家的作品，這是不從發展的觀點看問題。

辛棄疾的《永遇樂·京口北固亭懷古》

千古江山，英雄無覓、孫仲謀處。舞榭歌臺，風流總被、雨打風吹去。斜陽草樹，尋常巷陌，人道寄奴曾住。想當年、金戈鐵馬，氣吞萬里如虎。
元嘉草草，封狼居胥，贏得倉皇北顧。四十三年，望中猶記、烽火揚州路。可堪回首，佛狸祠下，一片神鴉社鼓！憑誰問，廉頗老矣，尚能飯否？

這是《稼軒詞》中突出的愛國篇章之一。它的思想內容包括兩個方面：一、寫作者抗敵救國的雄圖大志；二、寫作者對恢復大業的深謀遠慮和為國効勞的忠心。

宋寧宗嘉泰三年（一二零三），辛棄疾六十四歲時，被召起知紹興府兼浙東安撫使。這以前，辛棄疾被迫退居江西鄉間已有十多年了。起用他的是執掌大權的韓侂冑。因為那時蒙古已經崛起在金政權的後方，金政權日益衰敗，並且起了內亂。韓侂冑要立一場伐金的大功，以鞏固自己的地位，於是起用了辛棄疾作為號召北伐的旗幟。第二年（一二零四），任他作鎮江知府——鎮江在那時瀕臨抗戰前線。辛棄疾初到鎮江，努力做北伐的準備。他明確斷言金政權必亂必亡。他又認為：南宋要取得對金作戰的勝利，必須做好充份的準備工作。他曾對宋寧宗和韓侂冑提出了這些意見，並建議應把對金用兵這件大事委託給元老重臣。這無疑是包括辛棄疾自己在內的。可是韓侂冑一夥人不但不能採納，反而有所疑忌不滿，他們藉口一件小事故，給他一個降官的處分。開禧元年（一二零五）索性把他調離鎮江，不許他參加北伐大計。辛棄疾二十三歲從山東起義南來，懷着一腔報國熱情，在南方呆了四十三年，開始遭到投降派的排擠，現在又遭到韓侂冑一夥人的打擊，他那施展雄才大略來為恢復大業出力的願望又落空了。這就是辛棄疾寫這首詞的時代背景。

這首詞題為「京口北固亭懷古」，所以一開頭就從鎮江的歷史人物——孫權和劉裕說起。孫權是三國時吳國的皇帝，他在南京建立吳國的首都，並且能夠打垮來自北方的侵犯者曹操的軍隊，保衛了國家。辛棄疾登上京口北固亭懷古，第一個想到的就是三國時期的英雄人物孫仲謀（即孫權），只是現在已無處可尋了。「風流總被、雨打風吹去」，謂孫仲謀英雄事業的流風餘韻，現已無存。「寄奴」，是南朝宋武帝劉裕的小字。劉裕在京口起兵討伐桓玄，平定叛亂。「想當年」三句，頌揚劉裕率領兵強馬壯的北伐軍，馳騁中原，氣吞胡虜。作者借這些京口當地的歷史人物的英雄業績，隱約地表達自己對抗敵救國的心情。

下片「元嘉草草，封狼居胥」幾句也是用歷史事實。「元嘉」是南朝宋文帝的年號。宋文帝劉義隆是劉裕的兒子。他不能繼承父業，好大喜功，聽信王玄謨的北伐之策，打無準備之仗，結果一敗塗地。封狼居胥是用漢朝霍去病戰勝匈奴，在狼居胥山（今屬內蒙古自治區）舉行祭天大禮的故事。宋文帝聽了王玄謨的大話，對臣下說：「聞王玄謨陳說，使人有封狼居胥意。」辛棄疾用宋文帝「草草」（草率的意思）北伐終於慘敗的歷史事實，來作為對當時伐金須做好充份準備、不能草率從事的深切鑒戒。「倉皇北顧」，是看到北方追來的敵人張皇失色的意思，宋文帝戰敗時有「北顧涕交流」的詩句。韓侂冑於開禧二年（一二零六）北伐戰敗，次年被誅，正中了辛棄疾的「贏得倉皇北顧」的預言。

「四十三年」三句，由今憶昔，有屈賦的「美人遲暮」的感慨。辛棄疾於紹興三十二年（一一六二）率眾南歸，至開禧元年在京口任上寫這首《永遇樂》詞，正好是四十三年。「望中猶記」兩句，是說在京口北固亭北望，記得四十三年前自己正在戰火瀰漫的揚州以北地區參加抗金鬥爭。（「路」是宋朝的行政區域名，揚州屬淮南東路。）後來渡淮南歸，原想憑藉國力，恢復中原，不期南宋朝廷昏聵無能，使他英雄無用武之地。如今過了四十三年，自己已成了老人，而壯志依然難酬。辛棄疾追思往事，不勝身世之感！

「佛狸祠下」三句，從上文緬懷往事回到眼前現實，使辛棄疾感到驚心：長江北岸瓜步山上有個佛狸祠，是北魏太武帝拓跋燾留下的歷史遺跡：拓跋燾小字佛狸，屬鮮卑族。他擊敗王玄謨的軍隊後，率追兵直達長江北岸的瓜步山，在山上建立行宮，這就是後來的佛狸祠。當地老百姓年年在佛狸祠下迎神賽會，「神鴉」是吃祭品的烏鴉，「社鼓」是祭神的鼓聲。辛棄疾寫「佛狸祠下」三句，表示自己的隱憂：如今江北各地淪陷已久，不迅速謀求恢復的話，民俗安於異族的統治，忘記了自己是宋室的臣民。這正和陸游的《北望》詩所謂：「中原墮胡塵，北望但榛莽。耆年死已盡，童稚日夜長。羊裘左其衽，寧復記疇曩！」彼此意思相同。

辛棄疾這首詞最後用廉頗事作結，是作者到老而愛國之心不衰的明證。廉頗雖老，還想為趙王所用。他在趙王使者面前一頓吃了一斗米的飯、十斤肉，又披甲上馬，表示自己尚有餘勇。辛棄疾在這詞末了以廉頗自比，也正表示自己不服老，還希望能為國効力的耿耿忠心。

辛棄疾詞的創作方法，有一點和他以前的詞人有明顯的不同，就是多用典故。如這首詞就用了這許多歷史故事。有人因此說他的詞缺點是好「掉書袋」。岳飛的孫子岳珂著《桯史》，就說「用事多」是這首詞的毛病，這是不確當的批評。我們應該做具體的分析：辛棄疾原有許多詞是不免過度貪用典故的；但這首詞卻並不如此，它所用的故事，除末了廉頗一事之外，都是有關鎮江的史實，眼前風光，是「京口北固亭懷古」這個題目應有的內容，和一般辭章家用典故不同；況且他用這些故事，都和這詞的思想感情緊密相聯，就藝術手法論，環繞作品的思想內容而使用許多史事，以加強作品的説服力和感染力，在宋詞裏是不多見的，這正是這首詞的長處。楊慎《詞品》謂「辛詞當以京口北固亭懷古《永遇樂》為第一」。這是一句有見地的評語。

劉克莊的《清平樂·五月十五夜玩月》

風高浪快，萬里騎蟾背。曾識姮娥真體態，素面原無粉黛。　身遊銀闕珠宮，俯看積氣閑閑。醉裏偶搖桂樹，人間喚作涼風。

劉克莊這首《清平樂》，是充滿浪漫主義色彩的作品。他運用豐富的想像，描寫遨遊月宮的情景。開頭「風高浪快，萬里騎蟾背」二句，是寫萬里飛行，前往月宮。「風高浪快」，形容飛行之速。「蟾背」點出月宮。《後漢書·天文志》劉昭註引張衡《靈憲渾儀》：「羿請無死之藥於西王母，姮娥竊之以奔月……是為蟾蜍。」後人就以蟾蜍為月的代稱。

「曾識姮娥真體態」，「曾」字好。意思是說，我原是從天上來的，與姮娥本來相識。這與蘇軾《水調歌頭》「我欲乘風歸去」的「歸」字同妙。

「素面原無粉黛」，暗用唐人「卻嫌脂粉污顏色」詩意。這句是寫月光皎潔，用美人的素面比月，形象性特強。

下片寫身到月宮。「俯看積氣閑閑」句，用《列子．天瑞篇》故事：杞國有人擔心天會掉下來，有人告訴他說：「天積氣耳。」從「俯看積氣閑閑」句，表示他離開人間已很遙遠。

末了「醉裏偶搖桂樹，人間喚作涼風」二句，是全首詞的命意所在。用「醉」字、「偶」字好。這裏所描寫的只是醉中偶然搖動月中的桂樹，便對人間產生意外的好影響。這意思是說，一個人到了天上，一舉一動都對人間產生或好或壞的影響，既可造福人間，也能貽害人間。

北宋王令有一首《暑旱苦熱》詩，末二句說：「不能手提天下往，何忍身去遊其間。」全詩都是費氣力寫的。劉克莊這首《清平樂》則寫得輕鬆明快，與王令的《暑旱苦熱》詩比較，用意相近而表現風格不同。

劉克莊有不少作品表現憂國憂民思想，如《運糧行》、《苦寒行》、《築城行》等。他寫租稅，寫徵役，為民請命，都很沉痛。這首詞「人間喚作涼風」，該也是流露作者對清平世界的嚮往。全首詞雖然有濃厚的浪漫主義色彩，但是作者的思想感情卻不是超塵出世的。他寫身到月宮遠離人間的時候，還是忘不了下界人民的炎熱，希望為他們起一陣涼風。聯繫作者其他關心民生疾苦的作品，可以說這首詞也可能是寄託這種思想的，並不只是描寫遨遊月宮的幻想而已。

談有寄託的詠物詞

在宋詞裏，除了多數寫閨情的以外，還有不少詠物詞。這些詠物詞大約可以分為三類：第一類是單純描寫事物形象，沒有甚麼寓意的，如史達祖的《雙雙燕》、吳文英的《宴清都·連理海棠》等。第二類是搬弄典故，毫無意義的。第三類最可貴，即是有寄託的詠物詞。

這第三類作品，在我國文學發展史上有其悠久的傳統。早在《離騷》中就有用「美人」、「香草」來寄託君臣。《楚辭》的《橘頌》則整篇以「橘」比喻作者的人品：如「受命不遷，生南國兮。深固難徙，更壹志兮」。杜甫也作了許多詠物詩，如詠《房兵曹胡馬》的：「所向無空闊，真堪託死生！」兩句，實是寫人的品格。上句寫馬的驍勇，說牠所要去的地方，是無遠（空闊）不達的，是比喻人的才力。下句說騎馬者可以把生命交託給牠，這是用來比喻忠貞。杜甫還有一首詠「螢」詩，起句是：「幸因腐草出，敢近太陽飛。」「太陽」是比皇帝，上句用「幸」、「腐」字，無疑是借螢火指斥宦官的（宦官是受過腐刑的人）。

宋代的大詞家詠物而有寄託的作品，我們首先想到的是蘇軾的一首《卜算子・黃州定慧院寓居作》：

缺月掛疏桐，漏斷人初靜。誰見幽人獨往來？縹緲孤鴻影。　驚起卻回頭，有恨無人省。揀盡寒枝不肯棲，寂寞沙洲冷。

這首詞是元豐三年蘇軾初到黃州貶所之作（王文誥《蘇詩總案》編入元豐五年，疑誤）。首二句寫夜深，用「缺」、「疏」、「斷」幾個字極寫幽獨淒清的心境。下面「誰見」兩句，說只有幽人獨自往來。「幽人」指作者自己，是主。「孤鴻」是對「幽人」的襯托，是賓。下片把兩者合在一起，寫「孤鴻」也就是寫作者自己。下片用「驚」、「恨」、「寒」、「寂寞」、「冷」這許多字面，更明顯地寫出作者在患難之中「憂讒畏譏」的情緒。蘇軾元豐二年（四十四歲時）因詠詩諷刺時政，被人彈劾，幾乎喪命。次年貶到黃州，他在給友人李廌（按，當為李之儀，字端叔；李廌，字方叔）的信中寫道：「得罪以來，深自閉塞。扁舟草履，放浪山水間，與漁樵雜處，往往為醉人所推罵，自喜漸不為人識。」可見當時他畏懼的心情。他的朋友陳慥約他到武昌去住，他也不敢去。他給陳慥信說：「又恐好事君子，便加粉飾，云：『擅去安置所，而居於別路。』傳聞京師，非細事也。雖復往來無常，然多言者何所不至。」讀他這些信札，我們可以了解他以「驚起卻回頭」的孤鴻自比的用意。他在這種戰戰兢兢的境遇裏，即使有高枝好棲，還是揀來揀去「不肯棲」，只好宿在沙洲裏，耐寂寞，耐寒冷。

這原是一首很好的有寄託的詠物詞，但後來有些人不懂作者的含義，便造出溫都監女兒的故事，說這首詞是為一個女子作的，孤鴻是指這女子。故事是這樣的：惠州溫氏女，頗有色，年十六，不肯許配人。見了蘇軾，一往情深，時常徘徊窗外，聽軾吟詠。後來軾渡海南行，女遂卒，葬於沙灘側。軾回惠，因作《卜算子》詞。南宋時代都市裏說「評話」的人，時常把古人詩詞敷衍作故事來說唱。這首詞被附會為愛情故事，大抵出於這種評話家。就這首詞的本身來說，這樣附會是有損於它的意義的。

宋代的大詞家，除了蘇軾以外，陸游、辛棄疾也都作有寄託的詠物詞，如前面談過的陸游的《卜算子．詠梅》，就是以梅花來象徵自己高潔的品格的。辛棄疾的詠物詞比蘇、陸二家更多，一共有六十多首，佔他全部詞作的十分之一，其中詠花的多至四五十首。這是前人所少有的。它的風格也和前人不同，有用《楚辭》詞彙寫的，有用史書故事寫的。用《楚辭》的如《喜遷鶯．趙晉臣敷文賦芙蓉見壽，用韻為謝》，它的下片：

休說，搴木末。當日靈均，恨與君王別。心阻媒勞，交疏怨極，恩不甚兮輕絕。千古《離騷》文字，芳至今猶未歇。都休問，但千杯快飲，露翻荷葉。

這首詞是詠荷花的。芙蓉有兩種：一是木芙蓉，一是荷花。《爾雅．釋草》：「荷，芙蕖。」註：「別名芙蓉。」這詞上片用潘妃步步生蓮花、六郎貌似蓮花的故事，無疑是詠荷花。詞的上片寫荷花的姿態，這裏從略。下片多用《楚辭．九歌》。首句是從《湘君》中「採薜荔兮水中，搴芙蓉兮木末」兩句來的。《湘君》的原意是說：薜荔緣木而生，芙蓉生長在水裏，若採薜荔於水中，搴芙蓉於木末，必然一無所得。「木末」即樹梢。詞中「休說，搴木末。當日靈均，恨與君王別」，意思是：不要說自己的所求不能實現吧，看當年屈原的遺恨，是和君王分別，不也是如此嗎？（分別是說楚王和他不同心，「靈均」是屈原的字。）下面「心阻媒勞」三句也用《湘君》：「心不同兮媒勞，恩不甚兮輕絕。……交不忠兮怨長，期不信兮告余以不閒。」原意是說楚王聽了小人讒言，不信任屈原。辛棄疾這裏以「信而見疑，忠而被謗」的屈原自比，寫出自己不能實現報國壯志的苦悶。末了幾句是說《離騷》的時代雖然離現在很久了，但是它的文字卻萬世流芳（「芳菲菲其難虧兮，芬至今猶未沫。」也是《離騷》句）。這樣的君臣遭遇，自古皆然，所以末了說「都休問」，還是痛飲一場吧！「露翻荷葉」是借荷葉比酒杯。這首詞通過詠花，寫出作者的牢騷不平。辛詞用《楚辭》的很多，這是其一。

辛棄疾詠花詞中，詠梅的更多，共有十餘首，有些也是有寄託的。如《臨江仙》：「更無花態度，全是雪精神。」就是以梅花來表現自己的品格。又如《鷓鴣天》

的上片：

桃李漫山過眼空，也宜惱損杜陵翁。若將玉骨冰肌比，李蔡為人在下中。

這裏以桃李與梅花比較，用史傳人物來打比喻。《史記．李將軍列傳》說李廣的族弟李蔡為人在下中，名聲出李廣下甚遠，然廣不得爵邑，官不過九卿，而蔡封侯，位至三公。這是說：桃李雖然漫山滿谷，而過眼即空，好像李蔡一樣，只是下中品的人才。

一般詠花草的詞，大都是屬婉約體的。婉約派大家周邦彥、姜夔、吳文英都有許多詠花的作品。它們多半是單純詠物的，如吳文英的《宴清都》等。姜夔則以詠花寫自己的愛情故事，如《暗香》、《疏影》等。

辛棄疾是豪放派大家，我們知道他有許多反映國家大事的豪放詞，殊不知他還有這樣多的詠物、詠花的作品，這一點是值得注意的。

詠花詞一般都是用纖麗的字面、美人的故事，而辛棄疾卻運用《楚辭》、《史記》這些大作品，這種手法，也是前所少有的。

辛棄疾寫了許多有寄託的詠物詞，這與他的身世遭遇有關。他之所以在詞中以《楚辭》、《史記》詠花，是為了寄託自己被猜忌、被排斥的身世之感。以上所舉的幾首詞，都是他被迫退隱時期的作品。正因為他的詠物詞有這樣深刻的寓意，所以它的思想意義就比單純描寫物象的詠物詞高得多了。

填詞怎樣選調

詞，是一種配合音樂的文學，它本為歌唱而作。詞調是規定一首詞的音樂腔調的。

選一個最適合於表達自己創作感情的詞調，是填詞的第一步工序。

各個詞調都有它特定的聲情——音樂所表達的感情，初學填詞者要懂得如何選擇它，如何掌握運用它。如《滿江紅》、《水調歌頭》一類詞調，聲情都是激越雄壯的，一般不用它寫婉約柔情；《小重山》、《一翦梅》等是細膩輕揚的，一般不宜寫豪放感情。詞調聲情必須和作品所要表達的感情相配合，這首作品才能夠達到它的音樂效果，才能夠達到超於五、七言詩的效果。

自從詞和音樂逐漸脱離之後，一般詞人不復為應歌而填詞，以為抒情達意，詞同於詩，可以不顧它的音樂性，因之並忽略詞調的聲情。這種情形早在宋代就已產生，如《千秋歲》這個調子，歐陽修、秦觀、李之儀諸人的作品都帶着凄涼幽怨的聲情（秦觀填這個調，有「落紅萬點愁如海」的名句）。我們看這個調子的聲韻組纖：它的用韻很密，並且不押韻的各句，句腳都用仄聲字，沒有一句用平聲字來作調劑的，所以讀來聲情幽咽，黃庭堅就用這個調來弔秦觀，後人便多拿它作哀悼弔唁之詞。可是宋代的周紫芝、黃公度等人因調名《千秋歲》卻用它填寫祝壽之詞，那就大大不合它的聲情了。《壽樓春》調聲情淒怨，有人拿它填作壽詞也不對。這都是只取調名而不顧調的聲情的錯誤。所謂「填詞」必須「選調」，原是選調的聲情而不是選調的名字。

怎樣認識分辨每個詞調的聲情呢？在詞和音樂還不曾脫離的時候，有些論詞的書籍，記載過某些詞調的聲情；最著名的是宋代王灼的《碧雞漫志》。它對《雨霖鈴》、《何滿子》、《念奴嬌》等調，都有詳細的著錄，這是介紹詞調聲情最可寶貴的材料；可惜這類材料保存下來的不多。我們現在研究詞調，只有拿《詞律》、《詞譜》等書作基礎，仔細揣摩它的聲情。大概可有幾種方法：

1、從聲、韻方面探索，這包括字聲平拗和韻腳疏密等；2、從形式結構方面探索，包括分片的比勘和章句的安排等；3、排比前人許多同調的作品，看他們用這個調子寫哪種感情的最多，怎樣寫得最好。

這樣琢磨推敲，也許會對於運用某些詞調聲情的規律十得七八。

但是，一切形式總是為內容服務的，我們掌握詞調的聲情，是為了更好地表達詞的內容，絕不應死守詞的格調而妨礙它的思想感情。北宋婉約派詞人周邦彥，儘管他精通音律，講究聲調，但是由於作品內容空虛，他的成就便遠不及蘇、辛豪放派的作家。而蘇、辛派作家作品因為有豐實內容，自然要求突破格律的束縛。所以我們揣摩詞調的聲情，不應為聲情而聲情，走上周邦彥一派的歧路。我們要能入能出，做到《莊子》所說「得魚忘筌」的地步。這是我們要注意的第一點。還有，形式格調雖然有定而實無定，能活用形式格調的人，是作家。我們說某個詞調宜於寫豪放感情，或宜於寫婉約感情，這只是一般的說法，並不排斥許許多多例外的作品。譬如我們一般都說《滿江紅》是聲情激越的調子，宜於寫豪放感情，但是辛棄疾「敲碎離愁」一首說：「滿眼不堪三月暮，舉頭已是千山綠。但試把一紙寫來書，從頭讀。」「風卷庭梧」一首說：「天遠難窮休久望，樓高欲下還重倚。拼一襟寂寞淚彈秋，無人會。」何嘗便不如「不念英雄江左老，用之可以尊中國。嘆詩書萬卷致君人，翻沉陸！」又如《六州歌頭》的聲韻結構，無疑是沉鬱頓挫的，從宋代賀鑄、張孝祥、劉過諸家所作可見。而辛棄疾的「晨來問疾」一首，韓元吉的「東風着意」一首卻用它來寫幽隱、詠桃花，聲情又何嘗不合。可見大作家能運用一種形式縱橫無礙地寫多種情感，而不會困於格律之下。我們説選調，原要揣摩聲情，但不能以揣摩所得的聲情來衡量大作家具體的作品。反之，我們有時卻要以大作家具體的作品為標準，來衡量某些詞調的聲情，一個詞調用多種具體作品來衡量，可以有多種聲情；如前舉《滿江紅》、《六州歌頭》。（當然，首先要估定這首具體作品的價值。）古語説：「神而明之，存乎其人。」我們説詞調聲情，正要體會這句合理的古語。

以後再列舉若干詞調作為例子，略加解説，以補《詞律》、《詞譜》諸書所未備。

詞調與聲情

在上篇裏，我曾談到各個詞調都有它特定的聲情，現在略舉數例，稍作說明。（旁譜說明：「—」表平聲，「|」表仄聲，「丅」表平聲可以作仄，「丄」表仄聲可以作平。）

例一：《西江月．遣興》（辛棄疾）

醉裏且貪歡笑（句），要愁那得工夫（平韻）。近來始覺古人書（叶平），
丄|丄—丅|　丄—丄|——　丄—丄||——

信着全無是處（仄韻）。　昨夜松邊醉倒（句），問松我醉
丄|丅—丄|　丄|丅—丄|　丄—丄|

何如（叶平）？只疑松動要來扶（叶平），以手推松曰去（仄韻）！
——　丄—丅||——　丄|丅—丄|

此雙調五十字。《詞譜》說它「始於南唐歐陽炯。前後段兩起句俱叶仄韻。自

宋蘇軾、辛棄疾外，填者絕少」。案此調已見於唐代《教坊記曲名表》，非始於五代歐陽炯。現存作品，時代最早的是《敦煌曲子詞》中寫月夜弄舟的三首。

李白《蘇臺覽古》詩：「只今惟有西江月，曾照吳王宮裏人。」《西江月》調名或本此。

此調上下片各四句，除第三句七字外，都是六字句。每片二、三兩句用平聲韻，兩結則用與平韻同部的仄聲韻。詞中小令，平仄通叶的很少，此調這點要注意。仄聲字音重，又放在兩片的末了，最好用沉重的語氣來振動全首。唐五代人填此調的多作兒女情詞，聲調婉弱，很少用重語，因此不能發揮這兩個仄聲韻的作用；如柳永的兩結作「春睡厭厭難覺」、「又是韶光過了」等等便是。至蘇軾作「今日淒涼南浦」、「俯仰人間今古」，比較沉重。運用此調聲情最好的，是辛棄疾「醉裏且貪歡笑」一首。它的上結：「近來始覺古人書，信着全無是處。」十四字份量很重，可以鎮紙。下片結語：「只疑松動要來扶，以手推松曰去！」寫大醉的神態，實是表達身世牢騷之感。並且用散文句法，更覺有拗勁。

例二：《菩薩蠻·書江西造口壁》（辛棄疾）

鬱孤臺下清江水（仄韻），中間多少行人淚（叶仄）。西北望長安（平韻），可憐無數山（叶平）。青山遮不住（換仄韻），畢竟東流去（叶仄）。江晚正愁余（換平韻），山深聞鷓鴣（叶平）。

此雙調四十四字，唐教坊曲名。蘇鶚《杜陽雜編》說，大中初，女蠻國入貢。其國人危髻金冠，瓔珞被體，故謂之「菩薩蠻」。當時倡優遂制《菩薩蠻》曲，文士亦往往聲其詞。《宋史·樂志》說是「女弟子舞隊名」。（近人楊憲益說《菩薩蠻》三字乃《驃苴蠻》或《符詔蠻》之異譯，其調乃古緬甸樂，確否待考。）

此調上下片各四句，由兩個七言句、六個五言句組成。每兩句一換韻：首二句用仄韻，三、四句換用平韻。

此調全以五、七言句組成，近於唐代的近體詩。句調勻整、聲情諧婉。但它在一首裏四次換韻，在小令中算是用韻最密也是換韻最多的一個調。換韻有時是暗示轉意的，這個調子兩句一換韻，忌一意直下。

溫庭筠填此調十四首，最著名的一首是：

小山重疊金明滅，鬢雲欲度香腮雪。懶起畫蛾眉，弄妝梳洗遲。照花前後鏡，花面交相映。新貼繡羅襦，雙雙金鷓鴣。

全詞是寫一個貴族婦女梳妝時的心情。八句分四層。上片四句寫梳妝以前：兩句寫形態，兩句寫情態。「懶」字、「遲」字，暗伏全詩結句的意思。下片寫妝成以後：兩句寫明靚的妝面，兩句由衣着而帶出其人孤獨的心情，有《詩經》「誰適為容」的感慨。全詞結構嚴密，語意深婉有層次。他另一首的上片：

水精簾裏玻璃枕，暖香惹夢鴛鴦錦。江上柳如煙，雁飛殘月天。

也是四句兩意，用暗轉的筆法，寫出兩種截然不同的境界。這是寫離情的詞，前二句描繪留者環境的舒適，下二句寫行者客路的淒涼。用對比法烘托離情。

溫庭筠填此調，皆嚴守平仄字聲，尤其是末了兩結句，如「弄妝梳洗遲」、「驛橋春雨時」、「此情誰得知」、「杏花零落香」等，都作「仄平平仄平」拗句。他的十四首中只「雙雙金鷓鴣」、「無聊獨倚門」兩句是例外。詞原是配合音樂的文學，注意字聲的配搭，會更有助於音節的鏗鏘，上下片的結句尤為音節關鍵。在不妨礙內容表達的時候，也應該照顧這方面。

五代北宋人填此調的，多寫閨房兒女之情，這和當時的詞風和作者的生活、思想均有關係。像辛棄疾「鬱孤臺下清江水」這樣的作品，以「菩薩蠻」來寫憂生念亂的大感慨，那是不多見的。但是我們看這調子，雖然用韻甚密且多轉換，畢竟全首用五、七言整齊字句，所以它的聲情還是偏於和平的。像辛棄疾「鬱孤臺下清江水」這一首，也還是近於沉鬱而不是縱橫奔放的。

詞的轉韻

一首詞裏用平仄韻同押的，其作法和古詩不盡相同。古詞轉韻無定格，詞則某句應平、某句應仄，不能隨意改變，所以詞韻轉換處較難安排。現在舉習見的兩首小令《減字木蘭花》、《菩薩蠻》做例子，談談作詞的轉韻法。

《減字木蘭花》上下片各四句，句句押韻，每二句轉一韻，八句共押四部韻（兩部仄韻，兩部平韻）。平仄字讀來聲調不同，所以平仄韻變改處，文意也應跟着有所不同。前人填《減字木蘭花》，平仄韻轉換處，大都意隨韻轉，如黃庭堅《次韻趙文儀》一首的上片：

詩翁才刃（仄韻），曾陷文場貔虎陣（叶仄）。誰敢當哉（轉平韻）？況是焚舟決勝來（叶平）！

第三句用問句，第四句用「況是」，都是表示文義進了一層。又如蘇軾作《二月十五日夜與趙德麟小酌聚星堂》的下片：

輕煙薄霧，總是少年行樂處。不似秋光，只與離人照斷腸。

《己卯儋耳春詞》下片云：

春幡春勝，一陣春風吹酒醒。
不似天涯，捲起楊花似雪花。

第三句都用「不似」明點意轉。
他也有用「卻」字來表達的，如：

曉來風細，不會鵲聲來報喜。
卻羨寒梅，先覺春風一夜來。

辛棄疾作此調，並且有上下片都用「卻」字的，如《宿僧房有作》：

僧窗夜雨，茶鼎熏爐宜小住。卻恨春風，勾引詩來惱殺翁。　狂歌未可，且把一尊料理我。我到亡何，卻聽農家陌上歌。

這種用虛字「況」、「卻」、「不似」明點韻轉的，前人詞中並不很多；最多是暗中轉意的，如蘇軾《送東武令趙昶失官歸海州》：

賢哉令尹，三仕已之無喜慍！我獨何人？猶把虛名玷搢紳。　不如歸去，二頃良田無覓處！歸去來兮，待有良田是幾時！

全首兩句一轉，四韻四轉，不必虛字明點，更覺流轉自然。

前人填《菩薩蠻》詞，也多用此法，如蘇軾《七夕》下片云：

相逢雖草草，長共天難老。終不羨人間，人間日似年！

末二句寫牛女情事，可與秦觀《鵲橋仙》的「金風玉露」之句並稱；兩句一轉意，尤為輕便靈活。《菩薩蠻》這個調子，溫庭筠各首最早最有名，他的第二首的上片，轉意最奇特：

> 水精簾裏玻璃枕，暖香惹夢鴛鴦錦。江上柳如煙，雁飛殘月天。

這是寫戀情的詞，上片四句平列兩種環境：前兩句閨房陳飾，是寫十分溫暖舒適的生活。後兩句是寫客途光景，極其荒涼寂寞。中間轉換處不着一字，而依戀不捨之情自見。柳永的《雨霖鈴》「今宵酒醒何處？楊柳岸曉風殘月」，也許即從此脫化。

溫庭筠此詞調，又有全首不轉、至末了才大轉的。如：

> 小山重疊金明滅，鬢雲欲度香腮雪。懶起畫蛾眉，弄妝梳洗遲。　照花前後鏡，花面交相映。新貼繡羅襦，雙雙金鷓鴣。

這首詞寫一個女子孤獨的哀愁。全詞用美麗的字句，寫她的曉妝：開首寫額黃褪色，頭髮散亂，是未妝之前。三、四句是懶妝意緒。五、六句是妝成以後對影自憐的心情。最後七、八兩句表面還是寫裝扮，她在試衣時忽然看見衣上的「雙雙金鷓鴣」，於是棖觸自己的孤獨的生活。全詞寓意，於是最後豁出。「雙雙」二字是全首的詞眼，七、八兩句是全文的高峰。但表面還是平敘曉妝過程，好像不轉，實是一個大轉折。這手法比明轉更高。

古樂府裏也有用轉韻暗示轉意的，如《飲馬長城窟》的末段：

> 客從遠方來，遺我雙鯉魚。呼童烹鯉魚，中有尺素書。長跪讀素書，書中竟何如？上言加餐食，下言長相憶。

末了兩句，也好像是承上文的平敘語，其實是突起高峰。全首數十句，敘兩地相思，到末了寫接來信，信裏只有「長相憶」、「加餐食」的話，而沒有一字提到歸期。這使她十分失望。只在上文六句平韻之後突轉「憶」「食」兩個仄韻字，就是暗示讀者這是全首情感的大轉變，比明說更強烈。

還有一首是樂府詩《豔歌行》：

翩翩堂前燕，冬藏夏來見。兄弟兩三人，流宕在他縣。故衣誰當補？新衣誰當綻？賴得賢主人，覽取為我組。夫婿從門來，斜柯西北眄。「語卿且勿眄，水清石自見。」石見何累累，遠行不如歸！

上文一路敍事，連用八句仄韻，最後改用「累」、「歸」兩平韻，才轉出全篇本意，原是久客思歸之感。讀到這裏才知道上文的小故事可能是為這個結句的意思而虛構的。

詩歌以韻轉表意轉的，這兩首樂府可說是代表作。溫庭筠這首《菩薩蠻》，文學體制和樂府不同，不能說是有意仿效的。但就詞的轉韻說，卻有異曲同工之妙。

詞的分片

詞的體制和詩有很不相同的一點，就是它的分片。

絕大部份的詞調都是一首分為幾段。最普通的是分二段，也有分三段四段的。不分段的單片詞像《竹枝詞》、《十六字令》、《閒中好》、《紇那曲》等，在全部詞調裏只佔很小的一部份。這是詞體的特點。在詩裏，律詩、絕句都不分段；長篇古詩雖然字句多，叶韻往往變換，前後文意也常有許多變化，但總是自成一首。所以詞的作法和讀法是和詩不同的。

詞為甚麼要分段？這只要看它分段的種種名稱就可知道。詞的一段叫一「片」，一片就是一遍，就是說，音樂奏過了一遍。樂奏一遍又叫一「闋」（樂終叫闋。從門。《說文解字》：「事已閉門也。」），所以片又叫闋。上片、下片又叫上闋、下闋。這和《詩經》的分「章」，古樂府的分「解」，都是音樂上的關係。（「片」又叫「疊」，叫「擷」但比較少用。）現代的歌曲也有疊兩次或多次而合為一曲的，詞的分片也和這情形一樣。

詞雖分數片，但仍是一首。它的上、下片的關係是同首，卻又好像不是同首。以作法說，上片的末句要似合而又似起，下片的起句要似承而又似轉。宋張炎《詞源》「制曲」條說：「過片不可斷了曲意，須要承上接下。」過片就是指下片的開頭。宋沈義父《樂府指迷》也說：「過處多是自敘。若才高者方能發起別意，然不可太野，走了原意。」看姜夔的《齊天樂．蟋蟀》詞：

> 庾郎先自吟愁賦，淒淒更聞私語。露濕銅鋪，苔侵石井，都是曾聽伊處。哀音似訴。正思婦無眠，起尋機杼。曲曲屏山，夜涼獨自甚情緒！　西窗又吹暗雨，為誰頻斷續，相和砧杵？候館迎秋，離宮弔月，別有傷心無數。豳詩漫與。笑籬落呼燈，世間兒女。寫入琴絲，一聲聲更苦。

這是姜夔的名作。張炎舉這首詞作為過片的典範，說它過片「西窗又吹暗雨」一句能「承上接下」，「曲之意脈不斷矣」。我們看它上下片用六種聲音——吟聲、私語聲、機杼聲、雨聲、砧杵聲、琴曲聲來作蟋蟀聲的襯托。在這些聲音裏寫出詩人的秋思。但上下片的作法不同：上片是人物交綰，用人的吟詩、私語、紡織來比蟋蟀聲；下片是哀樂相形，候館、離宮是傷心之地，籬間尋蟋蟀則是兒女樂趣。兩片所寫都是實際的人事，而中間用「西窗又吹暗雨」一句空靈之筆作為過渡，把它聯繫起來；着一「又吹」的「又」字，和「為誰頻斷續」一問句，更搖曳生姿，又不「走了原意」，確是高手名作。作者未必這樣有意經營，是高手筆下的自然而然的產物。

宋詞中過片名作，可以和這首媲美的，還有以下各例：

蘇軾《水龍吟》詠楊花的過片：「不恨此花飛盡，恨西園落紅難綴。」

姜夔的《一萼紅．登定王臺》的過片：「南去北來何事？蕩湘雲楚水，目極傷心。」

吳文英《高陽臺．豐樂樓分韻》的過片：「傷春不在高樓上，在燈前欹枕，雨外熏爐。」《三姝媚．過都城舊居》的過片：「春夢人間須斷；但怪得當時，夢緣能短。」

這些過片作法，也都要結合它的上下文來體會。

詞過片的作法也有些比較特殊的，現在把它分作幾類，舉例如下：

1、下片另詠他事他物的。如辛棄疾《感皇恩．讀莊子，聞朱晦庵即世》：

案上數編書，非莊即老。會說忘言始知道。萬言千句，不自能忘堪笑。今朝梅雨霽，青天好。　一壑一丘，輕衫短帽，白髮多時故人少。子云何在？應有玄經遺草。江河流日夜，何時了？

上片「讀莊子」，下片「聞朱晦庵即世」，題與詞皆分作兩橛，似不相關。

2、上片結句引起下片的。如馮延巳《長命女》：

春日宴，綠酒一杯歌一遍，再拜陳三願：　一願郎君千歲；二願妾身長健；三願如同樑上燕，歲歲長相見！

蘇軾《卜算子．黃州定慧院寓居作》：

缺月掛疏桐，漏斷人初靜。誰見幽人獨往來？縹緲孤鴻影。　驚起卻回頭，有恨無人省。揀盡寒枝不肯棲，寂寞沙洲冷。

此詞上片結句逗「孤鴻」，下片專寫鴻。

蘇軾《念奴嬌．赤壁懷古》上片結句：「江山如畫，一時多少豪傑。」引起下片「遙想公瑾當年……」一段。

《欽定詞譜》引《古今詞話》無名氏《御街行．詠雁》：上片結句「雁兒略住，聽我些兒事」。下片接寫：「塔兒南畔城兒裏，第三個橋兒外，瀕河西岸小紅橋，門外梧桐雕砌。請教且與，低聲飛過，那裏有人人無寐。」

下片叮嚀吩咐的話，即緊接上片結句，作法更明顯。

3、下片申説上片的。如辛棄疾《玉樓春．樂令謂衛玠：人未嘗夢搗齏餐鐵杵，乘車入鼠穴。以謂世無是事故也。余謂世無是事，而有是理；樂所謂無，猶云有也。戲作數語以明之》：

> 有無一理誰差別，樂令區區猶未達。事言無處未嘗無，試把所無憑理說：
>
> 伯夷飢採西山蕨，何異搗齏餐杵鐵；仲尼去衛又之陳，此是乘車穿鼠穴。

下片伯夷、仲尼二事，就是申說上片「事言無處未嘗無」的道理。

程垓《宴清都》上片：「憑畫闌，那更春好花好酒好人好。」下片說：「春好尚恐闌珊；花好又怕飄零難保；直饒酒好，酒好未抵意中人好。相逢盡拼醉倒，況人與才情未老。又豈關春去春來，花愁花惱。」

下片申說春好、花好、酒好不及人好。這和前一類上片結句引起下片的作法相近，但不完全相同。

4、上下片文義並列的。如朱淑真《生查子．元夕》：

去年元夜時，花市燈如晝；月上柳梢頭，人約黃昏後。　今年元夜時，花市燈如舊；不見去年人，淚濕青衫袖。

「去年」、「今年」，兩片並列。

又如呂本中《採桑子》：

恨君不似江樓月，南北東西；南北東西，只有相隨無別離。　恨君卻似江樓月，暫滿還虧；暫滿還虧，待得團圓是幾時？

作法與朱淑真詞相同。

5、上片問、下片答的。如劉敏中《沁園春・號太初石為蒼然》：

石汝來前！號汝蒼然，名之太初。問太初而上，還能記否？蒼然於此，為復何如？偃蹇難親，昂藏不語，無乃於予太簡乎？須臾便、喚一庭風雨，萬竅號呼。　依稀似道：狂夫！在一氣何分我與渠？但君才見我，奇形怪狀；我先知子，冷淡清虛。撐住黃壚，莊嚴繡水，擯斥紅塵力有餘。今何夕，倚長風三叫，對此魁梧。

上片問石，下片石答。

李孝光《滿江紅》上片：「舟人道：官儂緣底，馳驅奔走？」下片起句：「官有語：儂聽取。」也和上例劉敏中詞作法相同。

6、打破分片定格的。這是把上、下片的界限完全混淆了。如辛棄疾《賀新郎・

別茂嘉十二弟》：

綠樹聽鵜鴂。更那堪、鷓鴣聲住，杜鵑聲切。啼到春歸無尋處，苦恨芳菲都歇。算未抵人間離別。馬上琵琶關塞黑。更長門、翠輦辭金闕。看燕燕，送歸妾。　將軍百戰身名裂，向河梁回頭萬里，故人長絕。易水蕭蕭西風冷，滿座衣冠似雪，正壯士悲歌未徹。啼鳥還知如許恨，料不啼清淚長啼血。誰共我，醉明月？

「馬上琵琶」至「悲歌未徹」十句，平列四件離別故事，過片不變，完全打破過片成法。他的《永遇樂．京口北固亭懷古》，從開頭「千古江山」至下片「贏得倉皇北顧」十四句，迭敘孫權及劉裕、劉義隆故事，過片處也文義不變。

辛棄疾的友人劉過有《沁園春．寄辛承旨（棄疾），時承旨召不赴》詞：

斗酒彘肩，風雨渡江，豈不快哉！被香山居士，約林和靖，與坡仙老，駕勒吾回。坡謂「西湖正如西子，濃抹淡妝臨鏡臺」。二公者，皆掉頭不顧，只管傳杯。　白云「天竺去來！圖畫裏崢嶸樓閣開。愛縱橫二澗，東西水繞；兩峰南北，高下雲堆。」逋曰「不然，暗香浮動，不若孤山先訪梅。須晴去，訪稼軒未晚，且此徘徊。」

上、下片鋪敘三人言語，過片處亦文義不變，作法與上引兩首辛棄疾詞相同。打破分片定格最奇變的例子是辛棄疾的《破陣子·為陳同甫賦壯詞以寄》詞（見前引）。從「醉裏挑燈看劍」到「贏得生前身後名」九句，寫軍中生活心情，寫雄壯的軍容，寫投入戰鬥，寫對功業的熱望。九句雖分屬上下兩片，文義卻是一整段，應題目所謂「壯詞」。「沙場秋點兵」處以下文義應斷不斷，已是越出規律。更奇的是，依題目說，前九句是「壯詞」的正面文字；但是依作者的身世情感說，卻全是虛構的文字；他的正面文字只有末了「可憐白髮生」一句，這一句說出他自己年華虛度、壯志落空的沉痛心情。文情到末了，變雄壯為悲壯，這末了一句否定了上面九句五十七字。若以文義分片，前九句應作一片，末五字一句應獨為一片。宋詞分片格式，以這首為最突出的了。這是由於作者有強烈的身世之感，所以能沖決詞的形式，我們不應以尋常格律來衡量它。

以上六種例子雖然不多見，但是我們若要研究詞的分片，拿它同唐詩、元曲的結構做比較，那麼，這些不多見的例子也是不可忽視的。

宋詞用典舉例

古典文學作品善於運用典故的，對作者當時説，也算是「古為今用」。多用典故，是我國古典文學作品裏一個突出的現象。它對作品有利有弊。有些作者用典故來炫博矜奇，用典故來粉飾空無內容的作品，它的流弊就很大。有的運用人人熟知易解的典故，用得很恰當，能以少數文字表達比較豐富的意思，能給人以具體、鮮明的印象，有的並且能起「古為今用」的作用。這種是完全應該肯定的。

一般人鑒於濫用典故的流弊，總以多用典故為誡，這有時也是因噎廢食之論。我們應該分別對待這問題，不可粗率地否定一切用典故的作品。這裏面有兩種粗率的看法。一類認為多用典故的作品就不是好作品，不是上乘作品；這是忽略了有些典故的本身是有其思想性的。一類則拿所用的典故的思想性來連坐這篇作品的思想性；這是混淆作品的題材和主題的區別。這裏舉兩首宋詞作例子來討論這個問題。

一首是辛棄疾的《永遇樂·京口北固亭懷古》：

千古江山，英雄無覓、孫仲謀處。舞榭歌臺，風流總被、雨打風吹去。斜陽草樹，尋常巷陌，人道寄奴曾住。想當年、金戈鐵馬，氣吞萬里如虎。　元嘉草草，封狼居胥，贏得倉皇北顧。四十三年，望中猶記、烽火揚州路。可堪回首，佛狸祠下，一片神鴉社鼓！憑誰問，廉頗老矣，尚能飯否？

這首詞一共用了孫權、劉裕、宋文帝、北魏太武帝（佛狸）、廉頗五件典故，全首詞不用典故的只有「四十三年，望中猶記、烽火揚州路」三句。辛棄疾詞以多用典故出名，這首在整部辛詞裏算是最突出的一首了。但是他用這些典故和一般文人的用典故不同，因為這首詞裏的五件典故，它本身的思想性和作者這首作品的思想性是緊緊地聯繫的，並且這些典故都是京口（今鎮江）這個地方的歷史掌故，是這個「京口北固亭懷古」題目裏應有的文章。這首詞是辛棄疾六十五歲被韓侂冑起用為鎮江知府時作的。上片懷念孫權、劉裕。孫權曾經北抗曹操，劉裕也曾北伐，先滅山東的南燕，後滅陝西的後秦。辛棄疾在孝宗乾道己酉進《美芹十論》，也主張先取山東，曾說：「不得山東，則河北不可取；不得河北，則中原不可復。」下片用王玄謨勸宋文帝北伐事，意思是惋惜文帝不曾做好準備，冒險北伐，以致大敗，讓佛狸深入南方。這原是為韓侂冑而發的，當時侂冑要以伐金自立大功，不肯聽辛棄疾先做充份準備的勸告，後來果然一敗塗地，不出辛棄疾之所料。中段回憶自己少年時從北方起義南來時事。結句以廉頗自比，表達為國効勞的忠心。這時辛棄疾雖任邊防重職，但韓侂冑並不尊重他的意見，次年他便被劾落職了。

這首詞用這些典故，一方面原是這個「懷古」題目裏應有的歷史事實，一方面又是借用歷史事實表達自己的思想，並且拿它來對統治集團做規勸和鬥爭，這也是用歷史的經驗為當前的政治服務。若論這些典故在這首詞裏所起的政治性、思想性的作用，可以說是全宋詞裏用典故的作品的最突出的一首，儘管它用得這麼多，但對作品的內容說，完全是有利無弊的，完全是應該肯定的。絕不應拿它和一般文士用典故來裝飾的作品相提並論。當時岳珂著《程史》，卻譏這首詞「微覺用事多耳」。這還是一般文士的見解，未能深識這首詞用典故的特色。

其次，談談姜夔過揚州作的《揚州慢》：

淮左名都，竹西佳處，解鞍少駐初程。過春風十里，盡薺麥青青。

自胡馬窺江去後，廢池喬木，猶厭言兵。漸黃昏，清角吹寒，都在空城。　杜郎俊賞，算而今、重到須驚。縱豆蔻詞工，青樓夢好，難賦深情。二十四橋仍在，波心蕩、冷月無聲。念橋邊紅藥，年年知為誰生！

姜夔二十餘歲作這首詞，是他集子裏的名作。有人說它「縱豆蔻詞工，青樓夢好」幾句是冶遊狎妓的口氣，因而判定它是一首思想性很差的作品。我以為不盡然。「青樓夢好」幾句，用杜牧揚州詩。杜牧這詩原是「唐人好狎」風氣下的產物。一般地說，作品裏所用的典故，原和作品本身的思想內容有其一致性。但也不能一概而論，有些作品不能因為它所用典故的思想性而連坐這首作品本身的思想性。這種情形在古典文學裏相當多，隨便舉個例子：杜甫詩：「遠愧梁江總，還家尚黑頭。」江總是一個沒有品格的文人，我們可以因此就貶低杜甫這首作品的思想性嗎？辛棄疾《鷓鴣天》：「書咄咄，且休休。」「咄咄書空」用殷浩故事，亦復如此。

姜夔在南渡兵火之後，寫這首憑弔揚州的詞。憑弔揚州首先令人想到的是它在唐代的繁華；繁華是這個地方的歷史特徵。杜牧這些詩對這方面說，是有其代表性的，所以歷代文人借它作典故用。後來劉克莊作過揚州的《沁園春》：「更無人報，書記平安」，亦用杜牧事。經揚州而回憶它的繁華，也猶之經長安、洛陽而回憶它是古代帝都一樣。姜夔用「青樓夢好」幾句，也正好為「清角吹寒，都在空城」、「廢池喬木，猶厭言兵」寫荒涼景象的句子做反襯，不能因此就說它的思想性差。孔尚任《桃花扇》的《餘韻》一齣，回憶金陵亡國前的情況，有「眼看他起朱樓，眼看他宴賓客，眼看他樓塌了。這青苔碧瓦堆，俺曾睡風流覺」。這裏也有冶遊狎妓的句子，我們不能因此就貶低它含有國家民族興亡大感慨的思想性。

姜夔這首詞的主題思想，他已經在小序裏用「黍離之悲」一句話點明。那是懷念故國、憎恨敵人殘暴的感情。我們讀這首詞首先被激動的，是「自胡馬窺江去後，廢池喬木，猶厭言兵」，「漸黃昏，清角吹寒，都在空城」幾句，這是表達主題的文字。它用杜牧「青樓夢好」幾句，只是這個主題反襯的材料。同樣的材料可以為不同的主題服務。我們不能因為它所用的材料的思想內容是該批判的，便連坐整首作品。因為估定一首作品的思想性，主要的是它的主題思想而不是它的材料。

固然，這首詞有它的局限性，張孝祥寫的《六州歌頭》，在當時有鼓舞人心的作用。而姜夔這首詞的感情畢竟與孝祥的《六州歌頭》不同。這由於他們的政治地位和生活感情不同。姜夔在南宋，只是一個落拓江湖的高人雅士，不是屬於社會反抗勢力一面的人物，這首詞有其局限，我們原不應過高估計它的思想性。但是若由於它用杜牧的典故，就認為它是思想性很差，我卻不同意。從前也有人拿杜甫《哀江頭》詩的「細柳新蒲為誰綠」來比姜夔的「念橋邊紅藥，年年知為誰生」幾句，並說《揚州慢》是愛國感情很濃厚的作品，我也不同意，這都是不合分寸的說法。

以上是我對有些人粗率地批判古典文學用典故的一點看法。辛棄疾有些詞原有好「掉書袋」的弊病，姜夔也有許多情感不健康的作品，但對上舉的他們的兩首詞，卻要仔細研究，作出恰如其分的評價。

把運用典故這一古典文學創作方法提高到理論上來接受，當然還要深入研究討論，本文只做些粗淺的舉例說明而已。

說小令的結句

詞裏的小令，因為體制短小，造句特別要凝煉。結句更要語盡意不盡。一首小令的結句好，會映帶全首有光彩；結句不好，前文的好句也會為之減色。所以結句往往是關鍵所在。這情形正和絕句詩相似。這裏舉幾首《浣溪沙》做例子。

《浣溪沙》全首只有六句，四十二個字，上下片各三句，它的每片末句，頗不易填，不可「掉以輕心」。先談談北宋晏殊的一首：

一曲新詞酒一杯，去年天氣舊亭臺，夕陽西下幾時回。　無可奈何花落去，似曾相識燕歸來。小園香徑獨徘徊。

這是懷舊之作。上片由眼前景物引起對往事的懷念：現在唱詞喝酒，天氣、亭臺和從前一樣，但是從前的一切，已如「夕陽西下」，成為不回的過去了。下片拈出兩件小事情「花落」和「燕歸」。「無可奈何」和「似曾相識」都是成語，把它聯繫在「花落去」、「燕歸來」的上面，由熟得生，轉舊成新，便成為名句。花落是無從挽救的，所以說「無可奈何」。燕子是年年重歸舊窠的，所以說「似曾相識」。這首懷舊詞主要是感傷過去的往事，但是這裏不單單寫「去」，卻接着寫「來」，以「來」烘托「去」，便比單單寫「去」更濃摯。以「花落」比人去，是尋常語；以「燕來」反襯人去，便是加倍寫。燕子是雙雙回來的，也更足勾引起人去後的孤零之感。還有，在這首詞裏，寫「去」是本意，是主；寫「來」是餘文，是賓。一般寫論文，主意當然重於餘文；在文學作品裏，有時餘文卻比主意寫得出色。如柳永《雨霖鈴》中「多情自古傷離別，更那堪冷落清秋節」這句是主意。

接着「今宵酒醒何處，楊柳岸曉風殘月」，是點染主意的餘文。這餘文卻是勝於主意的名句。一般寫論文，主意寫在後面，總結全文，起畫龍點睛的作用。但是文學作品裏，餘文的地位有時重於主意，要放在主意之後。這首詞把「燕歸來」句安排在「花落去」之後，正和柳永《雨霖鈴》的作法相同。這樣安排會更增強全詞的唱嘆聲情。

在這「花落」、「燕來」一聯傳誦名句之後，讀者要求有一更出色的好句，來結束全篇。可是很失望，晏殊只寫出「小園香徑獨徘徊」這樣的七個字。前面「花落」、「燕歸」一聯是強句，對比之下，「小園香徑獨徘徊」一句顯得較弱。這無疑是這位名詞家的懈筆。

晏殊對「無可奈何」這兩句，很自欣賞，他曾經又把它寫入另一首律詩裏（詩題是《示張寺丞王校勘》；王校勘即王琪，宋人筆記説下句是王琪代對的，不可信）。前人説以這兩句的格調論，只宜於入詞而不宜於入詩。這個看法是否正確，姑且不論。我們從表達效果和作品章法説，把這兩句放進律詩，可成為全首詩的中堅。寫入這首《浣溪沙》，卻嫌全首不勻稱。其實是結句太弱連累了它。

下面舉一首《浣溪沙》寫得成功的例子，是五代張曙《悼亡》詞：

枕障熏爐隔繡幃，二年終日苦相思；杏花明月始應知！　天上人間何處去？舊歡新夢覺來時；黃昏微雨畫簾垂。

這詞的內容、情感和前首近似。開首寫閨房陳設，用一「隔」字，便暗點別離。第三句說只有杏花和明月始知道我生離死別的苦痛，因為它是我倆當時相愛的見證，是寫這苦痛無人共喻的感嘆。下片「何處去」指死者，「覺來時」指生者。他只有在夢寐裏才得重溫舊日的歡愛。「黃昏微雨畫簾垂」，是夢醒之後寂寞悵惘的光景。

這詞所以動人，由於它的形象性強，「黃昏微雨畫簾垂」七個字景語，是集中傳神之筆。它通過具體的景物，烘托不易表達的抽象感情，使這種感情形象化地出現於讀者想像之中，好像是在耳目之前。

元稹聞白居易貶江州司馬，寄白絕句：「殘燈無燄影幢幢，此夕聞君謫九江。垂死病中驚坐起，暗風吹雨入寒窗。」白居易說，末了一句，他人尚且不忍聞，何況是我！本來第三句是全詩頂懇切沉痛的話，何以第四句讀來更動人？這也由於它的形象性強。有了這句，才烘托出第三句的懇切沉痛。

元稹這句「暗風吹雨」和張曙的「黃昏微雨」，可以說是唐人詩詞中結句的雙璧。

有些小令詞的體制，很近似於詩中的絕句，如《生查子》、《菩薩蠻》等是。但是絕句四句，《生查子》、《菩薩蠻》等也多是偶數句子結構。而《浣溪沙》上、下片都只三句，是奇數。第三句結句並且是拖一個獨立無偶的尾巴，它的地位和作用卻等於絕句的第三、四兩句。這一句還要起兩句的作用，一般絕句的作法，第三句要轉，第四句是收。《浣溪沙》末句七字要抵得絕句的第三、第四兩句，那麼，這七個字要能做到即轉即收，才算稱職。我最愛晏殊「一向年光有限身」一首的下片：

滿目山河空念遠，落花風雨更傷春——不如憐取眼前人！

全首雖然是酒邊花間詠妓之作（「眼前人」是指妓女），但是這幾句的感慨，好像不限於本題。以章法論，能做到即轉即收的，這首可說最為合格。另外，有陳廷焯《白雨齋詞話》裏提到的清人贈妓的此調的上片：

一世楊花二世萍，無疑三世是卿卿——不然何事也飄零！

陳廷焯不愛這首詞，我以為以內容說，它同情妓女的漂泊生活，不同於一般玩弄之作；語言也清新流利；結句用散文「不然」一詞入詞，比之辛棄疾「種梅菊」一首上片所說：

百世孤芳肯自媒？直須詩句與推排——不然喚近酒邊來。

也復難分高下。全首是可以肯定的。

就形式方面說，張曙這首悼亡詞的成功，固然是由於末句景語有很強的形象性。但這個詞調末句的作法，絕不限於用形象烘托法的景語。應該從全首的內容和格調來考慮它的表達方式，宋人如晏幾道作這個調的下片：

衣化客塵今古道，柳含春意短長亭——鳳樓爭見路旁情！

又如：

靜選綠陰鶯有意，漫隨遊騎絮多才——去年今日憶同來！

如賀鑄的下片：

欹枕有時成雨夢，隔簾無處說春心——一從燈夜到如今！

這三首的末句都是用推挽法的：第一首是推開說（作客旅途的辛苦，家居的女人哪能知道），二、三兩首都用倒挽法（從現在的所見所感回憶從前）。又如辛棄疾的下片：

引入滄浪魚得計，展開寥闊鶴能言——幾時高處見層軒？

題目是「席上趙景山提幹賦溪臺和韻」。從眼前的境界再翻騰一層。是推開，又是用問語振起，寫得很好，這類例子可惜不太多。前人寫這調子的結句，有不少是用問語的，如歐陽炯的下片：

獨倚畫屏愁不語，斜攲瑤枕髻鬟偏——此時心在阿誰邊？

歐陽修的下片：

白髮戴花君莫笑，六么催拍盞頻傳——人生何處是尊前？

李清照的下片：

玉鴨熏爐閒瑞腦，朱櫻斗帳掩流蘇——通犀還解辟寒無？

這樣以問句作結，更能表達含蓄不盡之情，比作直敘語好。

以上是我所想到的《浣溪沙》結句的幾種作法。當然前人寫這個調的好作品，絕不限於這些作法。他們也有在一片裏三句並列，表面上不推挽、不轉便結束的，如辛棄疾的兩首，其一是「常山道中即事」的下片：

忽有微涼何處雨？更無留影霎時雲；賣瓜人過竹邊村。

詞寫鄉村夏景。上兩句說遠處的雨，這裏只覺得微微涼氣，天空偶有些薄雲，忽然沒有蹤影了，這是寫暍熱天氣，末句七字寫行路人求涼的心情，瓜、竹是止渴歇陰之物，望見便生涼意。用眼前事物，淡淡七字，烘托心情。全片三句都是景語，表面齊頭並列，第三句卻確是好結束。它和陸游一首寫暑雨的結句「忽有野僧來打門」，寫出涼意，可說異曲同工。

另一首也是寫鄉村的，下片也是三句景物並列的：

啼鳥有時能勸客，小桃無賴已撩人，梨花也作白頭新。

第一句用梅堯臣《禽言》詩，說「提葫蘆」鳥的叫聲好像勸人吃酒；第二句說桃花勾人春思；第三句連下說雪白的梨花，好像老人的白頭髮，「新」字形容白髮鮮明，也用古語「白頭如新」（說朋友交情），映帶上片第一句的「父老」。全片寫農家豐歲的歡樂心情，覺得眼前風物無不稱心，末句並且帶些諧謔風味。雖然三句並列，第三句也確是好收尾，不得和第二句互換地位；因為上片「父老爭言雨水勻，眉頭不似去年顰，殷勤謝卻甑中塵」都是寫父老的，這下片末句也是開這個父老的玩笑。三句裏實是意有側重。這種全片三句並列的作法，表面文字，不轉不收，骨子裏卻是有轉有收，即轉即收。這比前舉各例，好像更難着筆了。不過，一首作品的成敗，主要原是由於它的內容，我這裏只就形式方面說說它的利病而已。

關於小令《浣溪沙》的結句作法，已如上述。與它同體制的，還有《夢江南》。《夢江南》全首五句，最要注意的也是末了一句。這裏舉皇甫松的兩首做比較：

蘭燼落，屏上暗紅蕉。閒夢江南梅熟日，畫船吹笛雨瀟瀟。人語驛邊橋。

開頭「蘭燼」指燈花。燈殘了，屏風上畫的紅蕉顏色也黯淡了，是說已是夜深時候。下三句寫夢境：在梅雨時節聽畫船的笛聲，十四字概括地寫出江南水鄉的光景，真像一幅畫圖。清代名畫家費丹旭（曉樓）就把這兩句畫成一幅名畫。但是不無缺憾的是：這十四字若作為一首七絕的後半首，是韻味無窮的好詩；但作為《夢江南》，後面着一句「人語驛邊橋」，便嫌全首情景不集中，難免「蛇足」之譏。這個調子的結構同《浣溪沙》一樣，最忌末了拖一個孤零零的尾巴。

皇甫松另一首卻寫得恰好：

樓上寢，殘月下簾旌。夢見秣陵惆悵事，桃花柳絮滿江城，雙髻坐吹笙。

這詞開頭寫夜景，後三句寫夢境，和前首作法全同。其所以勝過前首的，是末句緊接上兩句，構成一個美好意境。「雙髻」以局部見全體，寫出整個美人的形象。「桃花柳絮」和笙聲似無必然的聯繫，不同前首的笛聲和雨聲密切相關，但它的意境是相通的。唐人郎士元有一首《聽鄰家吹笙》七絕說：

鳳吹聲如隔彩霞，不知牆外是誰家。
重門深鎖無尋處，疑有碧桃無數花。

不見吹笙之人，而想像笙聲出於無數碧桃之下，這是以碧桃之豔形容笙聲之美，以色寫聲，是藝術意境之所謂「通感」。這詞以「桃花柳絮滿江城」作背景，寫吹笙的人，也有同樣藝術效果。並且它用一個旖旎風光的回憶場景，反點第三句的「惆悵」，手法意象更曲折幽美了。

《夢江南》又名《望江南》，皇甫松這兩首是寫「夢」，溫庭筠有一首是寫「望」，也是晚唐詞裏的名作：

梳洗罷，獨倚望江樓。過盡千帆皆不是，斜暉脈脈水悠悠。腸斷白蘋洲。

這是寫一個女子盼望她的情人而終於失望的心情。她希望眼前過去的船隻，必有一隻是載她的情人歸來的，然而望到黃昏，依然落空。於「過盡千帆」句之下，用「斜暉脈脈」七字作烘托，得情景相生之妙。「過盡千帆」是寫眼前事物，也兼寫情感，含有古樂府「天下人無限，慊慊獨為汝」的意思，清代譚獻詞：「紅杏枝頭儂與汝，千花百草從渠許。」也同此意。

「斜暉脈脈水悠悠」不僅僅是景語，也用它來點時間，聯繫開頭的「梳洗罷」句，說明她從早到晚，已是整整望了一天了。也兼用它來表情（王國維《人間詞話》說「一切景語皆情語」），「斜暉脈脈」可以比喻她對情人的脈脈含情，依依不捨。「水悠悠」是指無情的他，像悠悠江水，一去不返。「悠悠」在這裏是形容無情，如「悠悠行路心」，是說像過路的人對我全不關心。這樣兩面對比，才逼出下文「腸斷白蘋洲」的「腸斷」來；若僅作泛泛景語看，「腸斷」二字便沒有來路；並且使全首結構鬆懈，顯不出這末句「點睛」的作用。我以為，就這一詞看，應如此體會，就溫庭筠這一作家的全部作品風格看，也應如此體會（溫詞手法都很精深細密，與韋莊清疏之作不同）。

這詞字字精練，陪襯的字句都有用意；如開頭的「梳洗罷」，也不是虛設之辭，含有「女為悅己者容」的意思。古時人採蘋花寄相思，末句的「白蘋洲」，也關合全首情意。這好像電影中每一場景每一道具，都起特定的作用，末了五字必不是泛泛填湊。但是若不體會上句「斜暉脈脈水悠悠」七字情景交融之妙，則末句也會成為孤零零的尾巴，這樣就辜負作者的匠心了。

前人對這個調的末句，大概有承上、總結、轉折、申明等幾種作法。「雙髻坐吹笙」是承上，「腸斷白蘋洲」是總結，至於作轉折的，如楊慎「詠雪」：

晴雪好，萬瓦玉鱗浮。照夜不隨青女去，羞明應為素娥留——只欠剡溪舟。

末句忽作悵望不滿之辭，卻有不盡之意。他另有一首「詠月」，也同此作法：

明月好，流影浸樓臺。金界三千隨望遠，雕闌十二逐人來——只是欠傳杯。

末句申明本意的，我最愛王世貞一首：

歌起處，斜日半江紅。柔綠篙添梅子雨，淡黃衫耐藕絲風。家在五湖東。

「柔綠」十四字是美句，末着「家在五湖東」五字，意韻更足；是申明也是補足，在這個調子裏，似乎更勝於李煜的「花月正春風」。

天地博雅文叢

經典常談　朱自清　著
新編《千家詩》　田奕　編
邊城　沈從文　著
孔子的故事　李長之　著
啓功談金石書畫　啓功　著　趙仁珪　編
沈尹默談書法　沈尹默　著
詞學十講　龍榆生　著
詩詞格律概要　王力　著
唐宋詞欣賞　夏承燾　著
古代漢語常識　王力　著
梁思成建築隨筆　梁思成　著　林洙　編
簡易哲學綱要　蔡元培　著
唐宋詞啟蒙　李霽野　著
唐人絕句啟蒙　李霽野　著
唐詩縱橫談　周勛初　著
佛教基本知識　周叔迦　著
佛教常識答問　趙樸初　著
漢化佛教與佛寺　白化文　著
沈從文散文選　沈從文　著

www.cosmosbooks.com.hk

書　　名　唐宋詞欣賞
作　　者　夏承燾
編輯委員會　梅　子　曾協泰　孫立川
陳儉雯　林苑鶯
責任編輯　甘玉貞
美術編輯　郭志民
出　　版　天地圖書有限公司
香港皇后大道東109-115號
智群商業中心15字樓（總寫字樓）
電話：2528 3671　傳真：2865 2609
香港灣仔莊士敦道30號地庫／1樓（門市部）
電話：2865 0708　傳真：2861 1541
印　　刷　美雅印刷製本有限公司
香港九龍官塘榮業街 6 號海濱工業大廈4字樓A室
電話：2342 0109　傳真：2790 3614
發　　行　香港聯合書刊物流有限公司
香港新界大埔汀麗路36號中華商務印刷大廈3字樓
電話：2150 2100　傳真：2407 3062
出版日期　2019年10月／初版

ISBN ： 978-988-8547-68-5